Le silence des bois

La collection *L'Aube noire*
est dirigée par Manon Viard

Titre original : *Zec La Croche*

Publication réalisée par l'intermédiaire
de Books And More Agency (#BAM)

www.editionsdelaube. com

ISBN 978-2-8159-4277-5

Maureen Martineau

Le silence des bois

roman

éditions de l'aube

De la même auteure

La ville allumette, VLB, 2018

L'activiste. Le jour des morts, VLB, 2015

Une église pour les oiseaux, Héliotrope, 2015; série «P», 2020

L'enfant promis, La courte échelle, 2013

Le jeu de l'ogre, La courte échelle, 2012

« Des cris étouffés sous les fougères
des viscères temples des mouches
sèchent au milieu du sentier »

MICHEL X CÔTÉ, *L'été de la carotide*

Un an plus tôt

Agathe Soulanges ouvre les yeux lentement ; l'effort est surhumain. Des pics de douleur irradient de chacun de ses membres. Elle peine à respirer. *Où suis-je ?* La bâche qui enveloppe son corps meurtri n'offre qu'une mince ouverture à la hauteur du visage. La cime des épinettes lui télescope des images de la pourvoirie La Croche où elle est venue camper. *Qu'est-ce qui s'est passé ?* Aux souvenirs qui l'assaillent, le cœur veut lui fendre. Son agresseur l'a traînée dans la forêt jusqu'à ce marécage de boue où elle est engluée. Rassemblant ses forces, Agathe essaie de bouger les mains, mais elles sont solidement ligotées dans son dos. Et ce goût métallique de sang sur sa langue… Malgré l'engourdissement qui la gagne, elle réussit à remuer les orteils. *Où sont passées mes bottes ?*

Si seulement elle avait aperçu le visage de celui qui l'a attaquée… Mais au moment de l'assaut, un sac de coton rugueux lui obstruait la vue. Une odeur de vieille huile. L'homme lui maintenait les poignets au-dessus de la tête d'une seule main – énorme, celle d'un géant. Agathe s'affole. L'instinct de se défendre lui est toujours venu naturellement. Et pourtant, elle est demeurée immobile, pétrifiée. Une vague de honte la submerge. Elle aurait dû se débattre. Au lieu de cela, tous ses muscles se sont figés. En un ultime effort pour arrêter le temps.

Elle creuse sa mémoire. Les images se bousculent : les doigts râpeux agrippant sa culotte. La brûlure. L'envie de vomir, la contraction des muscles pour expulser le corps étranger. Un combat, une éternité. Jusqu'à ce que le cou s'arque, libérant la gorge. Que du fond de son ventre monte un cri d'une telle force que l'attaquant l'a relâchée momentanément. Un râle grave, masculin presque, en tout cas monstrueux sous lequel, dans le doute, son membre s'est ramolli. Il ne lui aura pas pardonné cet affront à sa virilité, a brandi son couteau. Un coup dans la cuisse, porté par l'élan de la haine. S'il y en a eu d'autres, ils ont été donnés plus tard, alors que son cerveau s'était déjà éteint. Rideau tiré sur un monde qu'on ne supporte plus de voir. Devant l'horreur, c'est d'abord l'esprit qui décampe. Mais la toute première blessure, elle l'a très bien ressentie. Un avertissement sans équivoque de la part de son agresseur : tu es sous moi, et moi, sur toi. C'est moi qui décide. Un coup de couteau dans sa chair à la manière d'un drapeau planté dans un territoire. Pouvoir de mort sur un autre vivant. Le chasseur et la chassée. Comme un ordre des temps anciens.

Telle la flamme au bout d'une mèche noyée de cire, l'esprit d'Agathe se met à vaciller, hésitant entre les mondes. Elle tente de retenir son dernier souffle, le temps de fixer l'image de sa fille sur sa rétine. Que fera Lorie sans elle ? L'idée de la quitter lui tord l'estomac. Ses pensées s'embrument. La femme revoit leur campement du Rang Ouest, là où le lac à Matte forme un coude, leurs silhouettes collées autour du feu que jamais elles ne laissaient faiblir. Elle va s'éteindre, monter là-haut drapée de volutes de fumée froide, mais son agonie s'étire. Trop de ficelles la retiennent à la terre, à sa fille adorée. Dans le silence des bois, ses dernières pensées se dispersent.

Ma petite Lorie! Tu me manques tellement... Hier, en allant au lac Georges, j'ai découvert des talles de camarines. Tu les aimerais. Elles ont une saveur sucrée légèrement acide, qui fait penser aux baies de pimbina que je te cuisinais dans le temps. Tu te souviens de leur jus, d'un rouge vif? Tu appelais ça du sang d'arbre. Je t'en ai cueilli un plein gobelet. Elles sont rangées dans la glacière. Viens les chercher, sinon tout va se perdre. Il faut que tu manges. Tu dois manger!

Soudain, un bruit attire l'attention d'Agathe : un clapotis suivi d'un grognement. Un vent d'effroi la glace. Un ours s'approche, se met à déchiqueter la bâche avec fureur. *Je ne peux pas partir*, songe la mourante alors que toute force l'abandonne. Lorsque la lourde patte se pose sur son ventre, son pouls a déjà cessé. De ses crocs, la bête agrippe la carcasse pour la tirer vers la rive du marais. Son museau humide renifle les entailles étoilées qu'a tracées le couteau dans la chair maintenant exsangue. Quittant le corps, une ombre diffuse s'élève, survole le carnage, en mesure l'horreur. *Celui qui m'a fait ça court toujours. Et mon enfant qui se retrouve seule !* De panique, l'esprit de la morte enlace le premier arbre en vue, s'entortille à ses racines.

Tout près, malgré la faim qui la tenaille, l'ourse semble bouder la viande encore fraîche. D'un geste inattendu, la bête se dresse sur ses pattes arrière pour s'appuyer contre un bouleau, qu'elle se met à griffer. Code secret pour retrouver sa piste, semer les prédateurs. Son sort ne diffère pas tant de celui de la femme. Toutes deux dans la mire des chasseurs. Quoique, contrairement à ce qu'on voit dans le genre humain, jamais un mâle de sa propre espèce ne s'en prendrait à elle.

La tête renversée, l'ourse ouvre grand la gueule, laissant entrevoir l'abîme sombre de ses entrailles. Entre deux goulées d'air, un éclat d'âme s'y glisse.

Tout le matériel est disposé sur la douillette bleue en paquets méticuleusement roulés. On dirait des îles. Il y a là quelques paires de bas, des minces et des laineux. Des vêtements pour tenir une semaine : un peu de court, au cas où, mais surtout du chaud en cette mi-août qui annonce des nuits froides. Comme l'année dernière à pareille date. À ce souvenir, le cœur de Lorie explose. D'un geste brusque, elle attrape le sac à dos qu'elle s'affaire à bourrer depuis une dizaine de minutes et en déverse le contenu par terre. À quoi a-t-elle pensé ? Cette expédition à la zec La Croche est totalement absurde. On ne va pas camper seule dans les bois. Elle a bien essayé d'y entraîner son amie Marie-Lou, ou encore Paula. L'une vient de se faire un chum[1] et l'autre n'a pas terminé son emploi d'été. Elle ne les reverra qu'à la fin du mois, à la reprise des cours au cégep de Shawinigan. Il ne lui reste qu'une semaine de vacances. De la nature, elle en a eu son lot en Mauricie avec son travail de guide à Parcs Canada. Pourquoi perdre ses quelques jours de congé en les passant avec les épinettes ? *Parce qu'elle est là*, lui souffle une petite

1. Le terme « chum » peut signifier « petit ami » mais aussi « bon copain » selon le contexte.

voix. *Là où tu l'as abandonnée.* Toute une année à repousser ce voyage. *Tu sais, pourtant, qu'il n'y aura de paix qu'au bout de cette route.*

Lorie s'écroule sur le lit au milieu des bagages. Ses dents mordent le coton de la taie d'oreiller. Jamais elle n'aurait dû laisser sa mère partir sans elle. En reniant leur rituel estival, elle a attiré le mauvais sort sur leur famille. Une mini-famille de deux femmes, brisée à jamais. Tout ça pour une fête entre amies où elle ne s'est même pas amusée. Pendant qu'elle se gelait la tête à Grandes-Piles, sa maman se faisait attaquer dans sa tente. Puis les policiers à sa porte, porteurs du message maudit. « Que faisait cette femme seule dans les bois ? Avait-elle un petit ami, quelqu'un qui serait allé la rejoindre ? Un amant connu ? Où était l'ex-conjoint ? Est-il violent, jaloux ? Et la dernière personne à l'avoir vue avant son départ ? »

Moi ! La dernière, c'était elle. La dispute qu'elles avaient eue lui revient en mémoire avec netteté.

« Pourquoi tu boudes ?

— Je boude pas », répond Agathe en faisant claquer le coffre de la voiture.

Sa chevelure, brune et dense, valse au moindre mouvement.

« Maman ! Depuis ce matin tu m'as pas dit un mot. »

Le beau visage impassible se tourne vers elle.

« J'ai laissé une note sur la table. Le numéro du poste d'accueil si tu as besoin de me joindre. En cas d'urgence, ils viendront me chercher. Il reste de la soupe aux lentilles dans le frigo. Il y en a pour trois repas. Tu dois la manger, le tofu au curry aussi, sinon ça va se perdre. Et le risotto aux légumes. Pour les protéines, j'ai racheté un gros pot de cachous. Mets-en dans tes salades. Les tomates du jardin sont presque mûres, surtout oublie pas de les arroser. S'il manque quoi que ce soit, j'ai laissé de l'argent sur la table. T'as qu'à…

— Arrête, j'ai pas douze ans ! »

Sa mère détourne les yeux de la camisole qu'elle porte et d'où percent les côtes d'une cage thoracique décharnée. Lorie exhale un soupir d'exaspération. Encore cette obsession ! Bien sûr qu'elle va se nourrir. Ça fait six mois que son poids se maintient et que ses résultats aux tests sanguins s'améliorent. Mais il semble bien que cette trêve n'ait pas su rassurer sa mère. Elle le sent à la façon dont elle baisse la tête, faisant semblant de chercher ses clés, prenant place derrière le volant. Elle est nerveuse, et si triste derrière ses traits tendus.

« Quand t'agiras comme une adulte, je te parlerai comme à une adulte.

— Pourquoi t'es fâchée ? Parce que je vais pas camper avec toi ?

— Ce qui me dérange, c'est de l'avoir appris la veille du départ. »

Lorie encaisse.

« T'es pas obligée d'y aller, tsé.

— Depuis que t'es petite, on a pas raté un seul été. C'est pas parce que tu me fais faux bond que je vais m'en priver. Oublie pas de barrer et de fermer les fenêtres quand tu sors. »

La dernière image : Agathe glaciale, calée dans le siège du conducteur. Sans leur embrassade habituelle, sans un sourire, pas même un regard. Que la traînée noire du tuyau d'échappement de la vieille Corolla, due pour un changement d'huile.

Lorie se penche et reprend son sac à dos. Avec minutie, elle y remet les vêtements éparpillés sur le plancher et sur le lit. Comme d'habitude, elle en a trop pris. Elle s'oblige à éliminer la moitié de son bagage, un défi que se lançaient sa mère et elle avant chaque excursion. Au dernier moment, ses doigts hésitent sur un polar lilas beaucoup trop grand pour elle. Un morceau qu'elle a chipé dans la commode d'Agathe. Elle en déteste la couleur, mais la doublure ouatée est si chaude et agréable…

Le train en provenance de Senneterre avance à basse vitesse dans le paysage laurentien. Les voyageurs de la communauté atikamekw qui sont montés à Wemotaci il y a une heure ne cessent de commander l'arrêt du convoi pour descendre en pleine forêt et rejoindre leur camp. André Chillas jette un œil à sa montre, s'impatiente. Il sera en retard à la gare de Fitzpatrick, où l'attend Thérèse, sa patronne à la zec La Croche. Ce nouvel emploi comme agent de protection de la faune, il y tient. Les postes dans le domaine sont rares et, malgré son dos usé, la vie dans les bois est la seule qui lui convienne. Il se cale dans son siège, ferme les yeux. Il voudrait bien se reposer, mais les voix surexcitées des deux jeunes Françaises assises à sa gauche de l'autre côté de l'allée lui scient les tympans. La plus grande, une blonde plutôt mince, mitraille le paysage de son cellulaire en s'exclamant :

« C'est pas possible ! T'as vu ce lac ? Il est immense !

— C'est pas un lac, je crois, ça doit être le réservoir Blanc », intervient son amie, une brunette dont le nez effilé est plongé dans une carte dépliée sur ses genoux.

Contente d'en connaître plus que sa compagne sur la région, elle dit encore :

« Du coup, on est toujours sur la rive de la rivière Saint-Maurice. Les Algonquins l'appelaient la Métabéroutin, ce qui veut dire "décharge du vent". C'est plus joli, non ? Et l'autre cours d'eau qu'on a vu au dernier arrêt, c'est la rivière Windigo.

— Celle qu'on doit remonter en kayak ? Mais... on s'éloigne beaucoup trop !

— T'inquiète. De notre campement, on pourra naviguer jusqu'à son embouchure. Eaux assez calmes, rapides occasionnels, accessible par la route plus au nord », cite-t-elle, relisant les notes griffonnées à même la carte.

Chillas pousse un soupir. Ce ne sont pas les premières aventurières qu'il croise. Au bureau de tourisme à La Tuque, une campagne agressive vante les mérites de ces séjours nature avec le train touristique qui arrête sur demande pour vous reprendre au retour, au même endroit. Une vraie plaie qui rallonge à l'infini le temps de transport des travailleurs qui, comme lui, ont mieux à faire que de se pâmer devant les grands espaces.

Comme s'il flottait, le train glisse sur la surface de l'eau pendant de longues minutes de pur émerveillement. Les hauts cris des jeunes filles tranchent avec l'air impassible des autres passagers, pour la plupart des habitués.

« On se croirait en bateau ! » s'exclame la brune en bousculant sa copine pour accéder à la fenêtre.

Une fois qu'il a rejoint la rive, le train ralentit puis s'arrête à la gare de McTavish. Un trio de pêcheurs, des Blancs cette fois, s'empresse de descendre.

Puis, sous le coup d'une inspiration soudaine:

« Grouille-toi! lance la grande blonde en rassemblant ses affaires.

— Qu'est-ce que tu fais?

— On descend ici. T'as vu l'île de sable? On va camper là, à la place! »

La blonde se fait aussitôt agripper par le bras.

« On peut pas faire ça!

— Allez, on a le temps.

— On n'a pas le droit de changer de destination comme ça, on a réservé à la baie Coucoucache. Allez, rassieds-toi. »

La grande fait la gueule.

« Prochaine fois! » ajoute son amie en traçant un cercle rouge sur la carte.

De son siège vis-à-vis d'elles, engoncé dans sa chemise carreautée, André Chillas n'a pas raté un mot de la conversation. Il rit sous cape. Lui aussi a aperçu la petite île. Un endroit beaucoup trop exposé au vent pour le camping. L'envie de corriger les naturalistes en herbe le démange. Il serre les dents. Mieux vaut se retenir. Il n'aime pas trop engager la conversation avec des inconnus, des femmes encore moins, et jeunes de surcroît. Par le passé, ça lui a valu son lot d'ennuis. Il hésite tout de même. L'occasion est si belle, et puis il s'ennuie. Avec tous ces arrêts, le trajet depuis l'Abitibi n'a jamais été aussi long. La prochaine fois, il fera la route en camion.

Le cinquantenaire se penche vers l'allée. Comme il va parler, un effluve délicat lui parvient. Cette idée de se parfumer dans les bois ! Il se racle la gorge.

« Vous allez être mieux à la baie Coucoucache. »

Le ton aigrelet de sa voix a fait sursauter la fille au nez d'aigle. Elle et sa copine émettent un rire gêné alors que l'homme poursuit son explication :

« Ils annoncent du mauvais temps. Dès qu'il tempête, c'est pas long que cette île-là se fait inonder. »

Alors que le train redémarre, les filles murmurent un timide merci en se calant dans leur siège. Plus un mot du voyage, pour un temps du moins. André Chillas peut enfin fermer les yeux et se reposer. Jusqu'à ce que…

« C'est ici ! » s'exclame la brunette en s'éjectant de son siège.

La blonde l'aide à prendre les lourds sacs à dos placés dans le porte-bagages au-dessus de leur tête. Malgré la politesse qui le commanderait, l'assistant aux agents de protection de la faune se retient d'intervenir pour leur prêter main-forte. Cette nouvelle lubie des jeunes d'aller se perdre dans les bois en camping sauvage ! Avec la pluie prévue ces prochains jours, elles n'iront pas très loin.

Jusqu'à ce matin, il hésitait sur la destination de pêche pour son prochain congé, mais cet arrêt à Duplessis lui inspire un projet. Un sourire se dessine sur ses lèvres. Le réservoir Blanc regorge de gros brochets et de savoureux dorés. À partir de son chalet près du grand barrage, en remontant la Saint-Maurice, il lui faudra un bon deux heures de bateau pour s'y rendre, mais le voyage sera payant.

Une autre courbe : Lorie serre le volant. Le camion semi-remorque qui se dirige vers elle en sens inverse occupe les deux tiers de la chaussée. Elle plisse les yeux et serre à droite autant qu'elle peut. La carrosserie de la minuscule Toyota Corolla vibre sous la pression de l'air au passage du véhicule lourd. Elle s'est mise en route vers La Tuque il y a une vingtaine de minutes, espérant que la circulation sur la 155 Nord serait moins dense en ce dimanche après-midi, mais depuis Saint-Roch-de-Mékinac, les camions chargés de billes de bois sont de plus en plus nombreux. Elle résiste à l'envie d'attendre sur le bas-côté que le trafic passe et s'enfonce le nez dans son foulard de coton, encore imprégné du parfum d'Agathe. La même fragrance inonde la chambre de la défunte à Saint-Tite, où tout est demeuré inchangé, les objets toujours là où ils avaient été posés, comme des feuilles mortes au sol. Un compost qui nourrit le deuil. Des larmes brouillent les yeux de Lorie.

Au poste de police de La Tuque, après des mois d'une enquête stérile, on lui avait rendu les effets personnels de sa mère : l'équipement de camping, un sac à dos avec ses affaires. Il ne manquait que son sac de couchage bleu en duvet. Hormis cela, on ne lui aurait rien volé. Les cartes de crédit et l'argent rangés dans le portefeuille avaient rendu l'enquêteur perplexe. C'était un dénommé Gilles Morneau, qu'Agathe et Lorie connaissaient, et qu'elles croisaient régulièrement lors de leurs vacances dans la zec La Croche.

«Je comprends pas le mobile. Un jour, quelqu'un va parler, se souvenir d'un détail. On a bien reçu quelques appels, mais rien de sérieux. Il faut attendre.»

L'enquêteur s'était ensuite rendu à la salle des pièces à conviction et en était revenu avec une paire de bottes enveloppées dans un sac transparent. Parcourue d'un frisson, la jeune femme s'agrippe à son volant en revoyant le numéro d'identification pendouiller au bout d'une ficelle, semblable à celle qu'on attache à l'orteil des cadavres à la morgue. Elle réentend la voix impassible de l'enquêteur: « Si tu veux pas les reprendre… »

Lorie ne l'avait pas laissé terminer sa phrase. Elle s'était précipitée pour s'emparer du paquet, le pressant contre son cœur. Ces bottes, comme sa mère y tenait! C'est elle qui les lui avait données pour ses cinquante ans. Cet été-là, elle les étrennait.

Si on les lui laissait, c'est qu'elles n'avaient pas été souillées par le sang. Au moment de l'assaut, la victime ne les portait pas.

Le train Senneterre-Montéal étire son arrêt à la gare de Duplessis. Depuis son embarquement à Wemotaci, la vieille Mikona Awashish est demeurée sagement assise, la main sur le sac de bagages à ses côtés, le corps serré contre la fenêtre du wagon. Les méandres de la rivière Saint-Maurice absorbent son regard. *Tapiskouan Sibi*, se remémore-t-elle, *la rivière de l'Enfilée à l'aiguille.* D'un geste las, elle roule sa veste en boule pour s'en faire un oreiller. En peu de temps, le sommeil la gagne. Derrière ses paupières closes se dessinent les traits de sa petite-fille Daisy. Toujours ce même cauchemar qui la hante : l'adolescente court sans regarder où elle pose les pieds. Son corps chute en bas d'une falaise. Le vide lui ouvre ses bras.

Soudain, le gémissement étouffé qu'émet la vieille Atikamekw fait tourner les têtes. S'ensuit une série de rires autour d'elle. Mikona se réveille en sursaut. Pour se ressaisir, elle fouille dans ses bagages, en sort un pot de mélasse et une cuillère. Le sucre l'apaise, comme chaque fois que la vision d'horreur la traverse. La jeune fille n'a pas appelé à l'aide, ne lui a pas parlé de sa douleur avant de s'enlever la vie. C'est cela, surtout, qui ronge Mikona.

Sombrer, se donner la mort en silence, sans un signe, sans un mot. Depuis l'hiver dernier, ce cri ravalé par sa petite chérie l'habite.

Mikona essuie l'ustensile avec un mouchoir de tissu avant de le ranger. Puis, la main sur sa poitrine affaissée, elle se laisse bercer par les soubresauts du train, qui redémarre dans un sifflement plaintif. Son regard s'attarde au loin sur deux jeunes femmes empêtrées de leurs lourds bagages, des touristes qui se dirigent vers le bord de l'eau. Mais déjà le convoi a repris de la vitesse, poursuit sa course dans le paysage. Dans une longue courbe, il s'enfonce en forêt, escorté par une armée de sapins. Ici, la nature est vierge. Aucun camp de chasse ni sentier de VTT. Une baie apparaît au détour; autrefois, c'était un lac majestueux.

L'attention de Mikona se reporte sur les eaux agitées de vagues grises. Quelque part sous les flots gît l'ancienne réserve Koûkoûcache. Ses grands-parents y sont enterrés. Leur sépulture a été noyée en 1932 par les inondations du barrage de Rapide-Blanc. La Shawinigan Water and Power Company leur a versé trois cent quatre-vingts dollars à l'époque, en guise de dédommagement. Un dollar par acre perdu. Pour quoi? Pour les repousser plus au nord sur un territoire trente fois plus petit. Aujourd'hui, ils s'entassent à Wemotaci, et on s'étonne que les enfants fuient vers la ville.

« Y a rien à faire dans la réserve! » lui avait crié Daisy le jour de son anniversaire.

Son dernier.

« Ta mère est au Centre, c'est moi qui te garde. Tu restes ici.

— Ils m'ont préparé une fête !

— Où ça ? À La Tuque ? Et vous allez dormir où ?

— Chez la tante de Joe.

— Je la connais pas… Pis les chemins sont trop mauvais.

— C'est Joe qui chauffe. Il fait la route deux fois par semaine pour les livraisons, il est habitué. Il a une radio CB.

— J'ai dit non, tu restes ici. »

Elle n'aurait pas dû s'assoupir. La petite a fugué sous son nez pour rejoindre sa cousine Alyssa. Joe les a bien conduites en ville, mais ne les a jamais ramenées. Parce qu'il n'y avait pas de fête d'anniversaire, pas de tante en ville. Seulement l'hiver et ses griffes de glace.

Le train file toujours entre forêts et lacs. Bientôt, il atteindra le barrage maudit. Mikona prend son sac sur ses genoux en vérifiant que le bocal de mélasse est bien vissé.

Une demi-heure plus tard, un nouvel arrêt, à la station de Rapide-Blanc cette fois. C'est là que Mikona Awashish descend.

Quelques rangées derrière elle, André Chillas trépigne. Il vendrait son âme pour une cigarette. Heureusement que la gare de Fitzpatrick n'est plus très loin. Il y sera dans une quarantaine de minutes. Il espère que Thérèse l'aura attendu malgré le retard. Il sort son cellulaire pour avertir sa patronne de son arrivée. Pas de chance : le réseau est mort. Chillas lâche un juron, puis son attention est captée par un Jeep Wrangler Rubicon de couleur noire stationné près de la plate-forme de la gare. Il approche son front de la fenêtre. Un modèle de l'année. *Incroyable, tout de même, ce qu'arrivent à se payer les Indiens!* La conductrice n'est pas une beauté, mais son assurance et sa longue chevelure d'encre lui confèrent un certain charme. La grand-mère atikamekw qui vient de descendre du train l'a rejointe. Ces deux-là s'en vont braconner, il en mettrait sa main au feu. Elles ont besoin de se tenir loin des limites de La Croche. Il n'a pas envie de jouer à la police cette semaine. Quelques jours encore à se taper des inspections dans des chemins mal entretenus, puis il tombera en vacances. Il suit des yeux le Jeep noir qui file vers la RO-450.

S'extirpant d'un moment d'inattention, Lorie ralentit subitement pour ne pas rater sa sortie vers La Tuque, ce qui lui vaut une longue plainte de klaxon de la part du camion qui la talonne depuis Rivière-Matawin. Elle serre les dents. Alors que la Toyota s'engage sur la rue Saint-François, les barrières ferroviaires s'abaissent, les lumières rouges clignotant au diapason d'un signal sonore qui rappelle le tintement d'un jouet. Lorie jette un œil au tableau de bord. 16 heures 50. Elle se félicite d'avoir fait le trajet en moins de deux heures. Le garagiste Richer l'attend. Il l'a autorisée à garer sa voiture dans la cour de son commerce pour la semaine. Au téléphone, il a insisté pour ne pas être payé.

Soudain, les wagons défilent devant les voitures arrêtées. En raison de la gare tout près, la vitesse du train est réduite. Il avance si lentement que Lorie pourrait facilement monter à bord et s'enfuir loin d'ici, vers Montréal. Elle a reporté pendant des mois cette visite au cimetière forestier où la vie de sa mère s'est terminée. Une part d'elle veut fouler les derniers pas d'Agathe, pour faire la paix. Une autre, taraudée par le remords, ne cherche qu'à oublier.

Mais ce qui la hante, c'est d'avoir laissé sa mère partir toute seule. Toutes ces années à camper ensemble dans la zec, le malheur s'était tenu à distance. À sa première désertion, il a frappé.

D'un air égaré, Lorie scrute les alentours. La présence de sa mère se fait sentir partout. Dans ce centre-ville où toutes deux venaient se balader l'été. Dans cette crèmerie qui, lassée des critiques d'Agathe, avait fini par afficher de la crème glacée végétalienne à son menu. Juste pour Lorie. Dans ce IGA où elles achetaient tout ce qu'il fallait pour tenir sept jours. Elle devrait s'y arrêter, mais la simple idée de parcourir les allées remplies de nourriture lui donne le tournis. Ce qu'elle a apporté de chez elle suffira.

Dès qu'elle se présente à la pompe à essence pour faire le plein – elle doit au moins ça au garagiste pour le service rendu –, Gaston Richer vient vers elle. Avec sa salopette tachée et ses doigts noircis, le petit homme au crâne dégarni n'a pas changé depuis deux ans. En fait, il n'a pas changé depuis qu'elle le connaît.

« Laisse faire. Je m'occuperai de ça plus tard. »

Pour meubler le silence, il ajoute :

« Mon dieu, sais-tu que la première fois que je t'ai vue avec ta mère, tu devais pas avoir plus que cinq ans ? Haute de même… Je suis ben désolé de ce qui lui est arrivé, c'est terrible. Je vois par contre que t'as hérité de sa Corolla. C'est un bon char, vends-le jamais. Ou si tu le vends, appelle-moi ! »

Comme pour le reste, Lorie a conservé le véhicule d'Agathe. Une antiquité au plancher trop bas pour affronter les chemins forestiers de la pourvoirie. Malgré les 310 000 kilomètres qu'affiche l'odomètre et les réparations qui s'accumulent, elle s'accroche et n'a aucune intention de s'en départir.

« T'es mieux de commencer à sortir ton stock, lance Richer en ouvrant le coffre arrière. Le taxi va arriver d'une minute à l'autre.

— Vous l'avez déjà appelé ?

— Ben, tu m'avais dit dix-sept heures…

— Je sais, mais le train est passé juste quand j'arrivais au passage à niveau…

— Je vais t'aider. C'est un jeune. En général, ils aiment pas trop attendre. »

Richer a dit vrai, le gars est un p'tit vite. Sylvain Hook, indique la carte d'identité affichée dans le SUV, un RAV4 qui doit bien avoir dix ans, mais d'une propreté étonnante. Ils viennent tout juste de quitter La Tuque. Assise à l'avant, Lorie l'observe du coin de l'œil. Pour l'âge, difficile à dire. Début trentaine, peut-être. Pas plus en tout cas. C'est un homme au visage cuivré, assez mince quoique tout en muscle. Et galant, à la façon dont il s'est empressé de transférer ses bagages d'un coffre à l'autre. Son sourire en coin ne l'a pas quitté depuis qu'il a entrepris de lui faire la conversation. « T'es d'où ? » « T'as de la famille dans le coin ? » « C'est ta première fois à la zec ? » « Tu vas rejoindre quelqu'un ?» «T'es pas mal bonne d'aller camper toute seule !» «T'as pas peur de t'ennuyer?» «T'as déjà croisé un ours ?» «Y a pas grand-chose à manger sur toi, ça leur ferait pas un gros snack.» Une farce et encore une autre dont il se contente de rire seul jusqu'au moment où un motorisé l'oblige à ralentir sa course.

« C't'idée, de voyager en VR ! maugrée-t-il.

— Y en a qui peuvent pas se passer de leur salon, même en vacances, commente Lorie.

— Pas mon genre.

— Ni le mien. »

Tout sourire, Sylvain Hook tourne la tête vers la passagère.

« C'est quoi ton genre ? »

Après un moment d'hésitation, elle lui répond :

« J'en ai pas vraiment. J'aime bien le indie rock. »

Disant cela, elle sort son iPhone.

« Ça te dérange si je mets un peu de musique ?

— C'est toi la cliente », dit-il en pointant le port USB encastré dans le tableau de bord.

Lorie appuie son front contre la vitre, s'abreuvant du paysage au rythme du groupe The National.

Pour quitter la ville, ils ont emprunté la rue Bostonnais, au bout de laquelle il faut traverser un pont de fer à une seule voie, passage obligé qu'à chaque fois sa mère redoutait. Au claquement des poutres d'acier sous les roues du véhicule, Agathe se cramponnait au volant, imposant le silence total dans l'habitacle. Sous elles, les remous de la rivière Saint-Maurice semblaient ricaner. C'était à l'époque de leur Westfalia, lorsqu'elles osaient encore se risquer sur les routes forestières, bien avant d'opter pour le taxi et le camping sauvage. Le duo affrontait ses peurs pour accéder à l'étonnante vallée que traverse le long Chemin de la rivière Croche. Là où on s'attendrait à une forêt austère d'épinettes s'étendent à perte de vue des pâturages d'Irlande, d'un vert si tendre qu'il fend l'âme. Les mille lacets de la rivière Croche obligent la route à embrasser les rives par des courbes inattendues. À un tournant peut surgir un troupeau de buffles ; un peu plus loin, des kilomètres de grève dorée. Ou encore, comme c'est le cas en ce moment, sur le haut d'une colline, une vieille grange qui insuffle de la poésie au paysage. Et chaque fois, comme si c'était la première, en plein émoi, Agathe stoppait le véhicule et obligeait sa fille à descendre avec elle. « Regarde ça. Ça fait mal tellement c'est beau. »

Rongeant son frein, Sylvain Hook roule à faible vitesse sur la route sinueuse.

« Maudit fatigant ! » grogne-t-il, frustré de ne pouvoir dépasser le motorisé devant lui.

Du bout du doigt, Lorie change la sélection musicale sur son iPhone. L'humour des Bleu Jeans Bleu semble plaire au chauffeur de taxi, qui lui lance un sourire et se calme aussitôt.

Il est près de 18 heures lorsqu'ils arrivent à la municipalité de La Croche. Sylvain Hook ralentit. Lorie se redresse sur son siège, éteint la musique et abaisse la vitre pour goûter l'air frais de la fin de journée. Son regard s'illumine, s'attardant sur les maisons à vendre. Au village, elles y sont de plus en plus nombreuses. Au moment où le taxi clignote pour prendre le Rang Ouest, elle intervient :

« File encore un bout sur la rue Principale, s'il te plaît, il faut que j'aille acheter du bois. »

Hook obéit sans rechigner.

« Le *meter* roule, laisse-t-il échapper en lui décochant un clin d'œil.

— C'est juste à la sortie du village. Je vais faire vite. »

Après avoir repéré l'église de bois, Lorie aperçoit l'école abandonnée. Soudain, sur sa gauche, apparaît la maison beige qui intéressait tant sa mère il y a deux ans. Un bâtiment inoccupé dont des pans entiers de la toiture ont été arrachés par le vent. Une toute petite construction qui, sous son bardeau d'aluminium, cache un magnifique revêtement de planches de cèdre. Agathe le lui a montré en soulevant un morceau de tôle mal fixé. Ce sont les poutres au plafond, entrevues par la fenêtre sale, et les lattes de bois d'origine qui l'avaient convaincue de téléphoner au propriétaire. « Seulement trente-cinq mille dollars ! Tu imagines ? On aurait notre chalet pour trente-cinq mille dollars ! » s'était-elle exclamée.

Une idée fugace traverse l'esprit de Lorie. Et si l'an dernier, en remarquant la propriété toujours invendue, Agathe s'était avisée d'aller la visiter ? Ce détail, elle a oublié d'en informer l'enquêteur Morneau. Le propriétaire est un autre individu que sa mère a pu croiser, qui a pu apprendre qu'elle campait non loin de là, seule. Ce numéro sur la pancarte, elle doit le mémoriser. *Code régional… 20 comme mon âge… 50 comme la limite de vitesse… mon âge… la limite.* Et prendre une photo lorsqu'ils repasseront devant.

« Y était temps ! » lâche Hook en voyant le véhicule récréatif qui les précédait bifurquer vers la gauche.

Ce dernier se dirige vers le camping municipal, un endroit magnifique, quoique sans arbres, longeant une grande plage de sable fin. Trop heureux d'avoir enfin la voie libre, Sylvain laisse échapper un cri de délivrance et accélère jusqu'au garage, qui se profile déjà au bord du chemin.

L'ourse nage dans le petit lac que forme l'élargissement de la rivière Saint-Maurice au-dessus du barrage de La Trenche. L'endroit regorge habituellement de truites, mais la saison de la pêche a été achalandée et les eaux sont vides. N'empêche, se rafraîchir calme la faim. La bête agite les pattes pour contrer le courant, mesurant la puissance de ses muscles. Sa force est grande. À son âge, les loups et les coyotes ne sont plus une menace. Elle domine tous les prédateurs par sa vitesse et sa capacité de grimper aux arbres. Ne reste que les humains dont il faut se méfier.

Son ventre reprend sa plainte. Où trouver des baies ? Juin a été catastrophique. Un gel tardif et des pluies diluviennes ont empêché les framboisiers et les rosiers sauvages de fleurir. Ce n'est pas en grignotant des racines qu'elle réussira à accumuler la graisse nécessaire pour traverser l'hiver.

L'ourse regagne le rivage, s'ébroue vigoureusement. Le soleil couchant se mire dans les perles d'eau qui s'accrochent à son pelage. Elle soulève quelques roches, grappille un amas de fourmis. Si elle crève, ce sera de faim et non de la balle d'un chasseur. Elle a appris à déjouer les pièges.

Les arbres allongent leurs ombres. Il est temps pour l'ourse de regagner sa cache. Comme elle rejoint la forêt, une odeur alléchante éveille ses sens. Pour mieux la capter, elle effectue un demi-tour et se dresse sur ses pattes arrière. Les arômes sucrés proviennent de l'est, un peu plus haut sur la rive. La salive lui emplit la gueule. Dans un grognement de plaisir, l'ourse se met à gambader vers la promesse d'une gâterie, faisant craquer les branches mortes sous ses larges pattes griffues.

Le taxi file sur le Rang Ouest. Sylvain est de meilleure humeur et Lorie s'est replongée dans la contemplation du paysage. Cette portion de la route qui traverse la zec en plein centre est asphaltée et bien entretenue pour faciliter l'accès au barrage de Rapide-Blanc, toujours en fonction. Celui de La Trenche, plus petit, le précède. Il trace la limite ouest du territoire de chasse et de pêche. Depuis qu'ils ont quitté la municipalité de La Croche, ils n'ont croisé que des camionnettes d'Hydro-Québec. Ici et là, des routes latérales, impraticables à moins d'être équipé d'un véhicule tout-terrain, s'enfoncent vers les nombreux lacs.

Pour éviter de salir son taxi avec les trois ballots de bois achetés, Hook a étendu une bâche au fond du coffre arrière. Le bruit des bûches qui s'entrechoquent accentue la nervosité de Lorie alors qu'ils pénètrent dans la pourvoirie. L'impression de plonger dans l'antre de la mort. C'est ici que sa mère a rendu l'âme, vidée de son sang dans un marécage. D'un coup, toute envie de camper dans ces bois la déserte. Comment fera-t-elle, toute seule, sans les précieux conseils d'Agathe ? Retourner sur le lieu du carnage lui semble soudainement pure folie.

Son cœur s'emballe. Vite, faire demi-tour ! Elle jette un œil au chauffeur, se force à ravaler sa peur. Redressée sur son siège, elle interroge du regard la forêt de conifères qui se densifie à mesure qu'ils approchent de leur destination. Quel sombre secret la végétation camoufle-t-elle ? Dans quel état retrouvera-t-elle la presqu'île où elle séjourne chaque fin d'été depuis qu'elle est toute jeune ? Touché par une tragédie, est-ce qu'un paradis peut se changer en enfer ? Lorie ferme les yeux, inspire profondément. L'esprit de sa mère, voilà ce qu'elle est venue retrouver. Se recueillir sur sa tombe sauvage. Et, qui sait, sentir sa protection, lui demander pardon aussi.

Sur la gauche, près de la route, le poste d'accueil apparaît. Le chauffeur se gare devant la cabane blanche aux allures de maison mobile et sort aussitôt. Il va en griller une le temps que Lorie passe voir la préposée à l'accueil. L'endroit est minuscule et tenu par une seule employée, Thérèse, une femme sans âge. Cette dernière a laissé une note sur la porte-moustiquaire : DE RETOUR DANS TRENTE MINUTES. Comme rien n'indique l'heure de son départ, la campeuse craint de devoir patienter longtemps et redoute les frais de taxi. À ce moment, un Ford vert sapin marqué de l'enseigne de la zec bifurque sur le terrain. Thérèse en descend à toute vitesse tandis qu'un homme, moins pressé, sort du côté passager.

« Lorie ! Ça fait vraiment plaisir de te revoir, lance-t-elle d'un ton empreint de sollicitude.

— Je m'ennuyais de notre site.

— Entre », dit la femme en déverrouillant la porte.

Une fois derrière son comptoir, elle ne cesse de la dévisager.

« OK, ta réservation est là. Le lac à Matte est fermé à la pêche, sauf le lundi. Son quota d'ombles a déjà été atteint. Tu seras pas achalée. »

Thérèse se mord les lèvres, regrettant aussitôt ses mots. Lorie baisse les yeux et fouille dans son portefeuille. Elle en extirpe un billet de vingt dollars pour payer l'entrée.

« Si tu veux acheter du bois, t'as qu'à demander à André, rajoute Thérèse en ouvrant sa caisse. Il pourra aller t'en porter.

— André ?

— André Chillas, le gars dehors que je viens d'aller chercher à la gare de Fitzpatrick. C'est le nouvel assistant aux agents de protection de la faune. Il m'aide ben gros.

— Langevin travaille plus ici ?

— Il a obtenu un poste d'agent de protection de la faune au bureau local de Shawinigan, il nous a abandonnés en juin l'année dernière. Mais André est très cool, tu vas voir. »

Lorie s'éclipse pour aller aux toilettes. La pièce est dans un racoin près du cagibi. Assise sur la cuvette, la jeune femme penche la tête et joint les mains avec force pour se calmer. Ces regards de pitié sur elle, elle n'avait pas prévu ça. Pour tous ces gens, elle est « la fille de la morte ».

Elle réalise soudain qu'ils étaient tous là au moment du drame. Thérèse et cet agent qu'elle n'a jamais vu. Sauraient-ils quelque chose qu'ils n'auraient pas révélé à la police ? Le détective Morneau a juré qu'il avait interrogé tout le monde.

Elle regrette de lui avoir crié après, quelques semaines après le drame, un jour où elle s'était imposée dans son bureau.

« Déjà un mois, et vous avez toujours rien !

— Fais-nous confiance, Lorie. On a vérifié l'emploi du temps de chaque personne qui était sur le site : tout le personnel, l'équipe d'Hydro-Québec, les chasseurs, les pêcheurs, les rares vacanciers présents... On a ratissé large, et on a aucune piste solide.

— Ça se peut pas ! Quelqu'un a mal fait sa job.

— Au moment du crime, il a plu toute la semaine. La boue parle pas.

— Et l'autopsie ? Vous avez rien appris, là ?

— L'autopsie détermine la cause de la mort, pas le coupable. L'hémorragie a entraîné l'arrêt cardiaque. Un couteau de chasse, tout le monde en a un dans le coin.

— Mais si le gars l'a agressée... Ses cheveux... sa salive... je sais pas...

— Il est pas fou. Dissimuler le cadavre au fond d'un marais lui a permis de détruire les traces d'ADN. »

Ses jambes s'étaient dérobées sous elle. L'attrapant par le bras, Morneau l'avait obligée à s'asseoir. L'air contrit, il lui avait murmuré :

« Écoute, Lorie, comme on n'a aucune preuve qu'il y a eu agression sexuelle, vaut mieux s'imaginer qu'elle a évité ça, non ? »

Encore aujourd'hui, cette réponse l'enrage. C'est la vérité qu'elle veut. Les faits. Que s'est-il réellement passé la nuit où sa mère a été poignardée à mort ? Vingt et un coups de couteau. Pas cinq, pas douze… vingt et un. Toujours assise sur la cuvette, elle rejoue le nombre de coups en tapant du poing sur ses cuisses. C'est long. Un homme qui fait ça ne peut qu'être emporté par la colère. Tant de haine dans ce crime…

« Tu connais quelqu'un qui en voulait à ta mère ? lui avait redemandé Morneau.

— Personne ! Tout le monde l'aimait. C'était l'infirmière la plus dévouée au monde. Elle travaillait tout le temps, elle se fâchait jamais. En connaissez-vous beaucoup, des mères qui ont jamais puni leur enfant ? »

Mais elle exagérait. Agathe cédait souvent à l'anxiété, n'était pas toujours d'une douceur irréprochable. Ces dernières années, les engueulades avaient empoisonné leur quotidien. De tout cela, Lorie n'a jamais rien dit à l'enquêteur Morneau. Si quelqu'un en voulait parfois à Agathe, c'était elle, et elle seule.

La jeune femme, se lavant frénétiquement les mains devant le petit miroir, réalise d'un coup la vérité : sa mère lui manque terriblement. Quelqu'un lui a volé l'être le plus précieux de sa vie. Elle se rue vers la sortie sans même saluer Thérèse et hâte le pas vers le RAV4 pour y reprendre place, dévisageant au passage le nouvel employé. Ce dernier fume une cigarette avec le chauffeur, adossé à la camionnette verte. Lorie bougonne. Il est déjà 18 heures 30 et ils ont encore quarante minutes de route à faire. La nuit s'installe tôt à la mi-août. Et cette fois, elle est seule pour monter sa tente. Elle se penche vers le volant, donne un coup de klaxon. Alors que Hook se presse de rejoindre son taxi, l'autre le suit à pas lents. La jeune femme jette un coup d'œil intrigué vers André Chillas, qui lui fait signe d'abaisser sa vitre. Un faisceau de rides autour des yeux marque son âge. Dès qu'il ouvre la bouche, l'inflexion suraiguë de sa voix la surprend.

« Paraît que tu vas camper au 28. J'aime mieux t'avertir qu'on a remarqué la présence d'une ourse dans ce coin-là. Tu serais plus en sécurité au lac Minomaquam. Y a d'autres campeurs, au moins. Pis tu trouverais le temps moins long.

— Merci, mais je préfère mon spot, répond-elle d'un ton qui n'invite pas à la réplique.

— Hé ! J'suis sérieux, là. T'as pas de voiture : où est-ce que tu vas mettre tes déchets de nourriture ? »

L'exaspération de Lorie monte d'un cran. Ce n'est pas lui qui va lui apprendre le b-a ba du camping.

« J'ai jamais eu peur des ours, sont pas dangereux. »

L'homme est secoué d'un rire exagéré.

« Ah bon ! Tu viens de décider ça, toi ! fait-il en rajustant sa casquette.

— L'ourse, elle a des petits avec elle ?

— On en a pas vu. »

L'employé pose les coudes sur le cadre de la fenêtre du véhicule. Lorie tente d'éviter son regard insistant en plantant les yeux sur l'horizon.

« Les ours attaquent juste pour défendre leur famille, persiste-t-elle.

— Sauf s'ils ont faim », lui oppose-t-il du tac au tac d'un ton cinglant.

Avant de poursuivre, il approche son visage du sien. Sa chemise de flanelle sent la sueur rance et le tabac. À la manière d'un avertissement, il lance :

« La semaine passée, au lac Kennedy, la femelle dont je te parle s'est approchée des chalets. Une fois que ça a goûté à des poubelles, y a rien pour les arrêter. Une chance que la chasse commence dans pas long. C'en est une qui a pas peur du monde, elle va être facile à abattre. En attendant, je te conseille de faire ben attention.

— J'ai compris », conclut Lorie en refermant la vitre sous son nez.

André Chillas s'éloigne d'un pas. Lorie le voit continuer à la fixer, les poings sur les hanches, alors que le taxi s'éloigne de l'accueil sur la route du Nord.

À la rampe d'accès du barrage de La Trenche, le signal sonore indique que la voie est libre. Le Jeep noir s'engage à basse vitesse sur l'étroit pont qui surplombe la vallée. Au milieu de la traverse, Mikona Awashish pose la main sur la poignée de la portière. Elle veut descendre pour observer le paysage. *Le désastre,* rectifie-t-elle en pensée. Sylvette, sa fille, immobilise le véhicule sur l'étroite voie de desserte réservée aux travailleurs d'Hydro-Québec. Appuyées sur le garde-corps de métal, les deux femmes fixent l'eau qui tourbillonne à cinquante mètres sous elles. Agitée de remous, la rivière Saint-Maurice ne retrouve son calme qu'un kilomètre plus loin. Il lui faut encore rencontrer cinq barrages avant de rejoindre le fleuve Saint-Laurent. Autant de chutes spectaculaires, matées, avalées, cachées, domestiquées, disparues à jamais. Le monstre de béton jauni qui harnache le cours d'eau insulte la splendeur du lieu. Il en empoisonne l'esprit. Mikona ressent une poussée de vertige. Elle agrippe le bras de sa fille.

« On continue notre chemin ? » lui propose cette dernière, l'œil inquiet.

Hypnotisée par le maelström, la vieille femme, comme sans l'entendre, répond en langue atikamekw :

« Toute petite, je venais ici avec ma mère pour vendre des provisions aux ouvriers qui construisaient la centrale. De l'argent vite gagné. Fallait pas en parler aux vieux, qui protestaient.

— On peut pas en avoir contre l'électricité. Ça nous sert à tous.

— Va raconter ça aux aînés d'Obedjiwan. Au nord, ils y ont goûté encore plus que nous. Ces fous de Blancs avaient construit leurs installations hydrauliques à vingt kilomètres des maisons, comme si elles étaient inhabitées. Le jour où ils ont mis à l'eau le réservoir Gouin, aucun avertissement. À l'ennoiement de leur village, les familles ont vu leurs *misatokokiam* partir à la dérive. Tout a été avalé par les flots. Tu sais, la lumière et le chauffage, c'est rien quand tu perds ton eau potable.

— On les a relocalisés, non ?

— Ça a pris des années à tout reconstruire, avec du bois pourri qui isole mal. Le pire, c'est que cette misère a pas empêché la Commission des eaux courantes d'autoriser d'autres rehaussements de la crête du barrage. De plusieurs pieds. Et chaque fois, des territoires de chasse qui se font engloutir, des arbres morts qui flottent, percent les canots, des carcasses d'animaux qui répandent leur poison.

— T'es la seule à te plaindre. Personne a craché sur les millions en dédommagement.

— Cent ans après le saccage ! Ceux qui y avaient droit sont tous morts ! »

En contrebas, sur la droite, une longue plage de sable blanc s'avance dans la rivière, indifférente à l'agitation des turbines. Fouillant sa mémoire, Mikona revoit les camps en bois rond installés là, à l'époque où le flottage des billots encombrait les rivières, décimant les poissons. Aujourd'hui, les glissoires du barrage sont bien silencieuses. Celle qu'elle observe à sa droite est grugée par la rouille. C'est tant mieux. Le monstre déchu ne s'occupe plus que de la régulation des eaux, libérant les crues printanières par ses évacuateurs.

« Il faut y aller, lance Sylvette. Il va faire noir bientôt. Viens. J'ai monté le campement tout près d'ici. »

Elle vient de pointer l'étendue d'eau derrière elles, de l'autre côté de la travée. Un bassin captif y forme le lac Tourouvre. Si plusieurs chalets jalonnent sa rive en amont, cette partie non développée de la zec La Croche est déserte, d'où son nom : secteur du lac Perdu Nord.

Une piste à peine carrossable les conduit dans la forêt touffue à deux kilomètres du barrage. Le reste du trajet, elles le font à pied.

Mikona pose son sac près de la tente qu'a dressée sa fille. Au centre du rond de pierres, une bouteille de vodka vide gît sur les cendres refroidies, ce qui explique sans doute le laisser-aller général du site. Sylvette boit trop. Mikona l'a grondée mille fois, mais rien n'y fait. Chaque rechute trouve son prétexte. Son mari qui l'a quittée, son emploi perdu, le toit qui coule… L'hiver dernier, évidemment, le suicide de sa fille a détruit tout ce qui lui restait d'amour-propre et de sagesse, et elle est tombée dans un puits sans fond.

Son attention est aussitôt attirée par une dizaine de gélinottes huppées et un lièvre bien gras que Sylvette sort d'un sac de toile.

« La chasse a été bonne. On a de quoi tenir plusieurs jours.

— À mon âge, je mange comme un oiseau, répond Mikona, intriguée par les poissons qui barbotent dans un seau d'eau.

— J'ai pas eu le temps de les nettoyer », s'excuse Sylvette.

Mikona inspecte les réserves de victuailles. Bouteille de gin et canettes de bière. Il faudra qu'elle cache cet alcool. Avec la chasse qu'elles doivent entreprendre, mieux vaut garder la tête bien vissée sur les épaules.

« Si t'as faim, sers-toi ! » lui lance Sylvette en désignant des restes de beignes qu'elle dépose sur la table pliante.

Mikona reconnaît le logo de Tim Hortons. Chaque fois qu'elle fait le trajet de La Tuque à Wemotaci, sa fille lui apporte des roussettes au miel, ses préférées. Elle en trouve une, assez appétissante, quoiqu'un peu desséchée. Avant d'y planter les dents, elle s'informe :

« T'en as eu assez ?

— Inquiète-toi pas, tout est installé. »

Après avoir avalé sa dernière bouchée, Mikona revient vers le bac d'eau, y plonge la main et soulève une truite par les ouïes. Elle la soupèse, admirative.

« T'as été chanceuse d'en attraper autant. »

Mais Sylvette ne l'écoute déjà plus, trop occupée à rallumer le feu. Les premières flammes qui jaillissent des branchages colorent d'orange le dix onces de rhum qu'elle vient d'extirper de la poche de son cardigan.

Le taxi quitte la route asphaltée pour s'enfoncer dans un chemin de terre. Au bout de quelques minutes, le lac à Matte apparaît sur la droite dans toute sa splendeur. Transperçant le plafond de nuages, le soleil couchant rase l'eau d'une lueur d'incendie. Tant de beauté enchante Lorie, l'apaise. Finalement, elle a bien fait de revenir. Déjà, le plan des prochains jours s'échafaude dans son esprit. Nager à s'épuiser, faire l'excursion jusqu'au lac Georges, sur « leur » sentier. Peut-être même s'aventurer plus loin encore, jusqu'au barrage Matte. Sa mère et elle en ont souvent parlé. L'été dernier, Agathe s'était promis de relever le défi. A-t-elle eu le temps de se rendre à la décharge du lac ? Lorie aimerait bien savoir si sa mère a réalisé ce rêve avant de mourir.

Une dizaine de kilomètres plus loin, à travers un boisé de bouleaux jaunes qui la cache de la route, la campeuse repère la mince lande de terre qui s'avance dans l'eau. Elle fait signe à Sylvain Hook d'immobiliser le véhicule. En bon gentleman, il l'aide à sortir son matériel.

« Bouge pas, je vais t'éclairer », dit-il en allumant ses phares.

Et comme s'il pensait lui faire plaisir, Sylvain allume aussi la radio. La voix tonitruante de l'animateur profane la paix des bois. Lorie lui lance un regard désapprobateur.

« C'est pour faire fuir les bêtes », explique-t-il.

Lorie se ravise, s'efforce même de sourire. Mais lorsqu'il se rue auprès d'elle pour l'aider à étendre une bâche au sol, elle se crispe. Si le gars lui demande un supplément, elle n'a pas de quoi le payer. Elle le laisse dérouler la toile, attrape son portefeuille et lui remet les cent vingt dollars négociés.

« Merci de m'aider, mais je ne voudrais pas te retarder. »

Hook prend l'argent. Lorie lui note un air contrarié. *Merde, le pourboire!* Elle n'y a pas pensé et est un peu gênée de fouiller dans ses poches à la recherche de quelques dollars supplémentaires.

« T'étais ma dernière cliente. Je tombe en vacances pour quelques jours. Et relax, j'ai arrêté le compteur. »

Comme elle prend un poteau de tente, Hook tend la main pour le lui ôter.

« Je vais t'aider. »

Tel un contremaître sur un chantier de construction, il attrape les tiges et les piquets, et la tente est montée en moins de deux. Ne restent que les attaches à tendre pour éviter que le plafond ne touche la toile. Lorie est impressionnée par l'agilité de cet homme qui ne semble pas particulièrement amoureux du camping, mais il lui tarde de se retrouver seule. Le bon samaritain en a déjà assez fait.

« Merci beaucoup, vraiment ! s'exclame-t-elle. Pour le reste, je vais me débrouiller. »

L'homme s'incline et retourne vers son véhicule.

« En tout cas, j'te dis, vous êtes vraiment pas une famille de peureuses ! »

Le cœur de Lorie rate un battement. À quoi fait-il allusion ? Connaissait-il sa mère ? Par les années passées, elles n'ont jamais eu affaire à ce chauffeur. Est-ce que l'enquêteur Morneau l'a interrogé ? Sans noter son embarras, Hook tend le bras vers le tableau de bord et éteint la radio. Mais avant de reprendre la route, il referme la portière et vient se planter devant elle.

« T'es sûre que t'es correcte toute seule ? J'ai jamais compris le trip de camper sauvage. Chasser, oui, mais contempler la nature en se faisant bouffer par les mouches noires ? Ou pire, par un ours ? Le mois dernier, enchaîne-t-il en s'allumant une cigarette, je suis allé reconduire un couple à Wemotaci. L'arnaque, toi ! Deux cents piasses pour coucher dans un tipi sur des branches de sapin avec un feu qui te boucane dans la face. Payer pour pas dormir de la nuit. Faut être mal pris !

— Ouais, c'est une vraie arnaque. Mais ici ça coûte pas cher. Et puis on a vraiment la paix… »

Lorie espère que cette dernière phrase va trouver entendeur. Elle a fini de tout ranger, ne reste que les bûches à protéger de la pluie. Elle ne tient pas à avoir de la compagnie pour la suite. Heureusement, Sylvain semble avoir terminé son laïus. Il s'étire en levant les bras au-dessus de la tête un moment.

« Bon, j'y vais. Mon fils m'attend dans notre camp. Il doit commencer à avoir faim. »

Lorie tourne vers lui des yeux interrogateurs.

« Ce midi, avant d'aller te chercher, je me suis installé chez un ami qui loue des petits chalets. Il me fait un bon prix. Chaque été, je viens passer les deux dernières d'août ici. Dans le taxi, c'est dur de prendre des vacances plus tôt. Pour te dire que je suis pas loin. Si jamais t'as besoin de quoi que ce soit…

— Merci beaucoup.

— Sinon, à samedi. Je serai là vers midi, comme on a dit. »

L'homme la salue de la main et s'engouffre dans l'habitacle. Lorie s'en veut d'avoir douté de ses intentions. Elle fait quelques pas et l'interpelle par la fenêtre qu'il a baissée.

« Pour le retour, tu peux amener ton garçon, ça me dérange pas. »

L'homme lui sourit.

« Bonne idée. Je l'ai pas assez souvent avec moi, il serait content qu'on fasse la route ensemble, qu'on profite au max de nos vacances avant de retourner chez sa mère. Elle a décidé de s'installer à Fermont. C'est pas à la porte. »

Dissimulant mal son ressentiment, il reprend :

« Comme il aime la pêche, l'été au moins, on se gâte. OK, là. À samedi ! »

Le RAV4 démarre en provoquant l'envolée soudaine d'un trio de colverts.

Le crépuscule enveloppe le lac Tourouvre d'un épais brouillard. Dans la forêt fantomatique, l'ourse avance à grands pas. L'odeur de sucre se fait persistante. Son museau la conduit par un étroit sentier à l'orée d'une clairière. Non loin devant elle, un baril de plastique est renversé sur le sol. De l'ouverture débordent des pâtisseries et beignets divers. Malgré ses papilles excitées, l'instinct lui commande la prudence. Des pièges semblables, elle en a croisé des dizaines depuis le printemps.

La femelle se hasarde plus avant, hume l'air du soir. Pas d'odeurs humaines discernables. Aucun bruit, que le ricanement cacophonique d'un couple de chouettes rayées. C'est au petit matin que les chasseurs ont l'habitude de monter la garde dans leur cache. Mais plus redoutable encore est la mâchoire d'acier qu'elle imagine dissimulée sous un nid de feuilles mortes. Elle contourne le baril, l'attrape par-derrière. D'un coup de patte, elle le soulève pour le faire basculer dans sa direction. Sous la poussée, il roule à quelques mètres. Tout danger écarté, elle plonge tête première dans le tonneau et se goinfre de toutes ces gâteries. C'est si bon qu'elle en oublie de respirer.

Des flammes lèchent le bois humide, crépitant dans la nuit claire avec des bruits de pop-corn. Si les journées sont chaudes, la température le soir redescend vers les dix degrés. Recroquevillée dans sa chaise pliante, Lorie guette la casserole d'eau qu'elle a mise à bouillir sur la grille rouillée placée en position précaire sur le feu. Son regard se perd dans le dessin usé qui en orne la paroi. Un motif bleu et rose qui a perdu ses contours. C'est la batterie de cuisine que sa mère apportait toujours en camping. Un vieil assortiment noirci, dépareillé, glané ici et là dans des ventes de garage. Rien à voir avec les kits hors de prix offerts dans les boutiques de plein air. Moins Agathe les payait cher, plus elle tenait à ses possessions. Même leur tente est usagée. Là où d'autres auraient éprouvé du dédain, elle recherchait la présence humaine dans les objets. « Il y a du vécu dans ce couteau. » Un vieux Normak finlandais acheté aux puces de Shawinigan. Pour trancher la truite en minces filets, il était extra. Et la nuit, il restait sous l'oreiller d'Agathe. Le soir du drame, il était demeuré dans son étui de cuir, échouant à la protéger du poignard du tueur, mieux affûté celui-là, selon le rapport du légiste. La police avait retrouvé le vieux couteau de pêche dans la tente.

« Est-ce qu'elle le gardait avec elle par peur d'être attaquée ? » lui avait demandé l'enquêteur Morneau, enfermé dans sa thèse d'après laquelle quelqu'un en voulait à sa mère. Un assassinat à l'arme blanche, c'est intime, souvent un individu qui connaît la victime.

Lorie avait insisté :

« Arrêtez de lui inventer des ennemis. »

Le policier n'en démordait pas.

« C'est pas un simple canif, qu'elle traînait, c'est une arme. La lame fait un bon neuf pouces. De qui avait-elle si peur ? »

De personne, aurait répondu Lorie si elle n'avait pas laissé tomber cette conversation vide. D'aussi loin qu'elle se souvienne, sa mère ne s'était brouillée avec personne d'autre qu'elle. Cet enquêteur lui cherchait des poux, mais négligeait de chercher l'assassin. La fin de sa carrière approchait. Mieux valait laisser traîner le dossier que de s'y embourber, devinait-elle.

L'eau bouillonne. Lorie enroule une main dans la manche de son ample coton ouaté et attrape la poignée brûlante. Elle laisse infuser le sachet de menthe directement dans la casserole, question de salir le moins de vaisselle possible, puis compte quatre minutes avant de verser sa tisane dans une tasse verte en bakélite, de celles qu'on utilisait autrefois dans les cafétérias. La jaune, attitrée à sa mère, est demeurée coincée sous un tas d'assiettes dans le fond de la caisse de rangement. Lorie approche la tisane de ses lèvres. À la première gorgée, elle se brûle la langue et sursaute. Les larmes lui montent aux yeux.

Ce n'est pas tant l'absence d'Agathe qui la ravage, que son aspect définitif. « Jamais plus » est un concept trop lourd à encaisser. Camper avec maman ne sera plus jamais possible, ni leurs têtes renversées côte à côte, alors qu'elles s'amusaient à nommer les constellations. Même leurs engueulades lui manquent, d'une certaine manière. La jeune femme arque son cou vers le ciel. On peut très bien discerner le *w* que forme Cassiopée à l'opposé de la Grande Ourse. En scrutant la voûte céleste, Lorie trouve aussi Andromède. Oui, c'est bien elle, le brancard du chariot que dessine le Carré de Pégase. C'est la première fois qu'elle la repère toute seule ; sa mère la devançait toujours à ce jeu. Une onde de paix lui emplit le cœur. Elle sent Agathe près d'elle, son âme qui veille. Mue par un trop-plein d'émotion, elle s'arrache à sa chaise, se débarrasse de ses vêtements et, malgré l'air frisquet, plonge sans hésiter dans le lac. Au contact de l'eau, elle pousse un cri dont l'écho se répercute longuement sur les montagnes, puis se ressaisit et se met à nager avec ardeur. Lors de leur première nuit en forêt, Agathe et elle se baignaient toujours, coûte que coûte : c'était le baptême de leurs vacances. Qu'il pleuve, qu'il tonne, qu'il grêle, peu importe, elles se conformaient au rituel comme des fidèles à la communion. Certains soirs, elles pouvaient nager jusqu'à l'autre berge, s'amusant à sillonner le chemin lumineux tracé par la lune sur l'eau.

Après quelques coups de brasse, Lorie se laisse dériver sur le dos. Au-dessus d'elle veille Sirius.

Guidée par l'odeur de fumée, l'ourse s'est rendue au lac à Matte. Du bosquet derrière lequel elle vient de se glisser, elle observe la jeune femme nager à bonne distance de la rive. De temps à autre, des notes graves chantent dans sa gorge. L'appel résonne jusque sous le poitrail de la bête, fait galoper son cœur. Une envie subite la prend de plonger dans l'onde froide à la suite de la nageuse ; elle se ravise pourtant. Étouffant un gémissement, l'animal détourne la tête.

Sur le site, rien pour la rassasier : la glacière est scellée, aucun sac de victuailles n'est accroché aux arbres. Un coin de sol fraîchement remué laisse deviner que des détritus y sont enterrés. L'animal avance vers l'abri, le renifle. Des relents vaguement familiers émanent de la paire de chaussures placée à l'entrée de la tente. Une envie de s'attarder la prend. Soudain, le vent se lève et secoue les branches dans un long sifflement. Il transporte avec lui une odeur lointaine de nourriture qui fait frémir les narines de la bête, attisant sa faim. On dirait de la viande fumée. Elle n'aime pas trop se nourrir de gibier, mais faute de mieux…

Alors qu'elle regagne l'orée du bois, un bruit la fait se retourner. La jeune femme est sortie de l'eau, se secouant les cheveux, puis, dans un geste brusque, elle relève la tête et regarde fixement dans sa direction, apparemment sans la voir. La bête s'immobilise en attendant que la fille disparaisse dans sa tente. Au moment de rabattre la toile, la campeuse place une deuxième paire de chaussures devant l'entrée, beaucoup plus grandes que les siennes. Les babines de l'ourse se retroussent, réfrénant un grognement. Elle effectue un tour sur elle-même, aux aguets, toutes griffes déployées, à l'affût d'un danger imminent. Au même moment, un mouvement se fait sentir dans ses entrailles, lui rappelant la présence des petits embryons flottants dont elle doit assurer la survie. D'un pas lourd, l'ursidé s'éloigne en s'enfonçant dans les fourrés.

Le vent charrie des nuages de pluie qui voilent graduellement Cassiopée. Ils vont bientôt tout obscurcir.

Mikona se repose les yeux grand ouverts, hypnotisée par la pluie qui s'est mise à tomber. Des gouttelettes frappent la paroi de nylon de la tente, amorties dans leur chute par les feuilles des bouleaux sous lesquels elles se sont installées. Des coutures de la toile usée s'échappent de minuscules filets d'eau. Pour éviter qu'ils lui trempent le visage, la vieille femme s'est tassée sur sa gauche. Mais ce n'est pas ce qui la tient éveillée : à ses côtés, des ronflements pareils au souffle d'un ours soulèvent la poitrine de Sylvette. Lorsqu'elle s'enivre – c'est-à-dire la plupart du temps –, elle traverse des épisodes d'apnée du sommeil. C'est pire lorsqu'elle dort sur le dos. Mikona résiste à l'envie d'administrer à sa fille un autre coup de coude dans les côtes pour la forcer à se retourner. À quoi bon ? Le manège reprendrait dans quelques minutes. Mieux vaut qu'une seule des deux soit privée de repos. Avec ce qui les attend demain, elles auront besoin d'y voir clair.

À cette pensée, une vision macabre l'assaille. Des lambeaux de chair, un visage exsangue, méconnaissable. De la puanteur aussi. La vieille femme se recroqueville encore davantage pour chasser la vision. Les mains ramenées sous son mince oreiller, elle prie pour se faire pardonner le mal qu'elle et sa fille s'apprêtent à faire. Comme elle voudrait qu'il en soit autrement… Mais qu'y peuvent-elles ? Leur vie est devenue un enfer, et la seule façon de le tolérer est de se faire bourreaux elles-mêmes. Depuis le jour où le diable s'est invité dans leur famille, leur cœur s'est avarié. Quelqu'un doit payer pour Daisy et Alyssa. Et peut-être alors la paix leur sera-t-elle rendue.

Dans son esprit somnolent, Mikona révise les préparatifs jusque dans les moindres détails : la date est la bonne, quoiqu'un imprévu soit toujours possible. L'endroit choisi est parfait : loin de tout, pas fréquenté à cette période de l'année, et les bruits seront assourdis par les cascades d'un ruisseau à proximité. Les poissons sont conservés au frais dans la glacière. Sylvette s'est occupée de les évider pendant qu'elle faisait braiser un lièvre pour le souper.

Le souffle de sa fille se fait plus haletant. Mikona lui jette un regard découragé. Quelle heure peut-il bien être ? C'est peine perdue, elle ne se rendormira plus. Se soulevant sur un coude, elle tire vers elle son sac de voyage et en ressort un chandail élimé qu'elle presse contre elle. Le préféré de Daisy, celui qu'elle portait le jour où elle a fugué avec sa cousine vers cette fête à La Tuque, il y a un an et demi. Lorsqu'on a retrouvé les deux filles en hypothermie en pleine forêt, leurs manteaux d'hiver avaient disparu. Sur le corps bleui de Daisy, que ce mince T-shirt de coton déchiré à la manche. Un trou sous l'aisselle, grand comme une main. Le trou d'une balle reçue en plein cœur, dirait-on. Cette nuit-là, toute envie de vivre a quitté les yeux de sa petite-fille. Mikona a parfaitement reprisé le vêtement, mais l'adolescente n'a jamais voulu le porter de nouveau. Du bout de son doigt osseux, la grand-mère parcourt la cicatrice de la réparation. Certaines blessures ne se raccommodent pas.

Soudain, dehors, un tintement de casseroles résonne dans le battement de la pluie. Un raton laveur, sans doute. Pas surprenant qu'elles reçoivent de la visite, avec toute cette vaisselle laissée négligemment près du feu. La vieille femme s'extirpe de son sac de couchage. Une fois près de l'entrée, elle remonte la fermeture éclair sans bruit et se faufile à l'extérieur.

Ses yeux ont à peine le temps de s'habituer à l'obscurité qu'elle discerne un ours en train de piller les poubelles. La main sur la poitrine, elle retient son souffle. « Leur bête » est là. C'est la première fois qu'elle peut l'observer d'aussi près. Elles ont fait quatre expéditions cet été pour l'attirer avec des bombes d'odeur. Répandre du coulis d'anis et de mélasse sur les souches afin de la garder dans le secteur. Étranglée par l'émotion, Mikona ose quelques pas vers le gros arbre sur lequel est appuyée sa carabine. Elle saisit son arme. Au déclic, l'animal se hisse sur ses pattes arrière.

*

Réveillée par une détonation, Lorie se dresse d'un bond sur son séant. Qui chasse ainsi en pleine nuit ? La saison n'est même pas commencée. Elle avance la tête vers la porte de la tente et fait un geste pour l'ouvrir, mais à ce moment, un deuxième coup de feu crève la nuit. Elle se recouche subitement, comme tirée par un ressort, et s'enfouit la tête dans son sac de couchage, saisie de frissons.

À quelle distance est le chasseur ? Pourrait-il déceler son installation de la route ? Elle mesure tout à coup sa bêtise : la tente dans laquelle elle est étendue est celle-là même où sa mère s'est fait attaquer. Agathe avait-elle entendu son agresseur approcher ? Lorie prête l'oreille. Le vent qui fouette la pluie contre les parois de nylon avale tous les bruits de la forêt. Lorsque sa mère s'est fait poignarder, il pleuvait, comme ce soir. Jamais elle n'a pu entendre le véhicule de l'agresseur, ses pas près de la tente, le coulissement de la glissière. Lorie se recroqueville dans son duvet. La peur lui vrille les entrailles.

Dans l'aube blême, une humidité pénétrante monte du terreau forestier, mélangeant effluves d'écorces de bouleau et de brindilles de pin. André Chillas se tient sur ses gardes, la mâchoire crispée. On ne rira pas de lui bien longtemps ! L'hypocrite qui feint de raviver son feu vient de s'identifier sous le nom d'Éloïse Obomsawin et prétend habiter à Trois-Rivières. Bien qu'il n'en croie pas un traître mot, il n'exige pas de voir sa carte. Avec leurs pommettes saillantes et leur teint buriné, c'est clair que la femme et sa mère sont Autochtones ; elles ne mentent pas là-dessus. Mais ça ne leur donne pas le droit de faire la loi dans sa zec pour autant. La plus jeune s'avance vers lui.

« C'est pas un pauvre lièvre qui va priver les chasseurs, lance-t-elle en poussant du pied quelques ossements jetés près du cercle de pierres. Allez, mon ami, on dérange personne ! »

Le petit gibier qu'elles ont trappé ne l'intéresse pas. Ce qui presse, c'est de les faire partir d'ici. Si son chum Martel apprend qu'il tolère des intrus sur sa montagne, fini les partys et les passe-droits. En répertoriant les truites, peut-être, il trouvera son excuse. À vue de nez, quelques dizaines de têtes coupées jonchent le sol autour d'une boîte de styromousse. Il ordonne :

« Ouvrez la glacière, ou je vous la confisque. »

La jeune femme s'exécute, et ce faisant lui offre à admirer ses fesses rondes. On dirait même qu'elle s'attarde.

C'est bien ce qu'il croyait. Les prises dépassent largement le quota. Alors qu'il sort son calepin pour noter, la vieille, qui s'est approchée à son insu, l'agrippe par la manche. De sa bouche à moitié édentée, elle le gronde :

« C'est chez nous, ici. Tu marches sur *Nitaskinan*, la Terre des Poissons blancs. Mon père a toujours pêché dans le coin. Son territoire s'étendait jusqu'au lac Mondanak. On a toujours partagé. Quand nos voisins abénakis s'aventuraient par ici, on les laissait repartir avec leurs canots débordants de poissons. La nature sert tout le monde. Dix truites, ça vide pas un lac.

— Dix ! Prenez-moi pas pour un imbécile. Il y a au moins une trentaine d'ombles là-dedans. Et essayez pas de me faire avaler que c'est pour votre "subsistance". J'connais la gimmick, vos prises ont déjà des acheteurs. »

Sylvette intervient pour calmer le jeu :

« T'as raison, mon beau, on en a beaucoup trop pour nous. »

Elle prend un paquet enveloppé dans du papier journal et le tend à l'agent de protection de la faune comme une offrande. Sur son visage, un sourire racoleur.

« Tiens, ça te fera un bon souper en tête-en-tête avec… As-tu une blonde ? »

Chillas devine une invitation dans le regard qui le fixe, y reconnaît l'étincelle qu'il a le don d'allumer chez les femmes.

« Non. Libre comme l'air ! » répond-il avec un clin d'œil.

Faisant mine de vouloir lui caresser la main, la jeune femme lui arrache la contravention et la déchire.

« On va te sauver de l'ouvrage. Reviens demain et on aura levé le camp. On s'est jamais vus. »

Chillas émet un grommellement de satisfaction. Voilà comme il aime régler les choses. Donnant-donnant. Ça l'exempte de toute cette paperasse inutile. Parce que, même si on leur colle une amende, les Autochtones n'en font qu'à leur tête. Tant que les deux clans ne se tirent pas dessus, la meilleure solution est de laisser pisser.

L'employé s'apprête à partir quand son attention est retenue par deux carabines de calibre 30 06 appuyées contre un sapin près de la tente. Ces dames l'ont bien joué ! Elles ne s'adonnent pas uniquement à la pêche et au trappage. En désignant les armes, il adopte un ton menaçant :

« C'était vous, les coups de feu la nuit dernière ? »

Aucune des interpellées n'a le temps de se justifier qu'il s'emporte :

« Pour ça, vous êtes un mois trop tôt !

— On a le droit de chasser à l'année, et tu le sais ! clame Mikona.

— Révise ton traité, grand-mère ! Pas n'importe où et pas n'importe comment. Vous êtes pas dans une réserve faunique, ici. Il y a pas d'entente négociée. Alors, vous vous conformez aux règles, comme tout le monde.

— On va pas se chicaner pour deux, trois gélinottes, plaide Sylvette, les yeux doux.

— Les tirs font peur aux orignaux, les réprimande-t-il. Vous êtes en plein dans le spot des gars de l'Hydro. S'ils se pointent et vous trouvent là, vous allez passer un mauvais quart d'heure. Ils ont nourri leurs orignaux au gros sel tout l'été pour les attirer. Vous savez pas lire ? Il y a un écriteau à l'entrée du chemin…

— *I know*, le coupe-t-elle. Je l'ai vue, ta pancarte sur le pylône : OCCUPÉ DEPUIS 1995, 4 CHASSEURS, GROUPE MARTEL. CHASSE À VIE. Tes chums ? Tu pourrais me les présenter », le nargue-t-elle.

Chillas écume. Rien qu'une aguicheuse, celle-là ! Il ne se laissera pas prendre deux fois.

« Je suis là pour appliquer le règlement.

— Vos lois, regarde ce que j'en fais, s'écrie la vieille avant de cracher par terre.

— Il y a des frais pour circuler dans la zec, Autochtone ou pas, martèle-t-il.

— Pompe-toi pas, le beau, répond Sylvette de sa voix la plus douce. On a compris. On se ramasse et on décampe, je t'ai dit. »

Vaincu, l'agent à la protection de la faune tourne les talons et s'enfonce dans la forêt.

D'obscènes jurons fusent de la bouche de Sylvette alors qu'elle se presse d'entrer dans la tente pour rouler les sacs de couchage. Pour sa part, Mikona ne lâche pas l'homme au dossard orange des yeux avant qu'il ait disparu au tournant du sentier par lequel il est venu. Son arrogance lui lève le cœur. Le même ton que celui de l'agent des Indiens avec lequel elle et les siens devaient traiter à l'époque pour la moindre petite affaire. Un collet qui se retend dès qu'un territoire est menacé. Qu'elles retournent dans leur réserve et y restent, voilà ce que l'agent et sa chienne de loi leur ordonnent, au fond.

« Aide-moi un peu ! lui crie sa fille tout en lançant leurs bagages empaquetés hors de la tente.

— On part pas », tranche Mikona en se croisant les bras.

Sylvette laisse échapper un soupir. Délaissant sa tâche, elle se poste derrière sa mère et la prend par les épaules.

« On a pas le choix, maman. Maintenant qu'on a été repérées, on a pas le choix d'être discrètes.

— Personne a le droit de nous chasser.

— Ravale ton orgueil, et aide-moi à porter les bagages jusqu'au Jeep. »

Mais cet épisode vient de rompre la digue et de libérer une peine qui menace de noyer son cœur depuis des mois.

« On peut pas s'en aller. On a promis à Daisy, à Alyssa… On peut pas… »

Pour l'empêcher de pleurer, Sylvette la serre contre elle. De ses longues mains, elle lui relève le menton et l'oblige à la regarder dans les yeux.

« On abandonne personne, *nitcotco* ! Il faut se rapprocher du piège, c'est tout. Cet idiot-là a pas l'air de l'avoir croisé, sinon il nous aurait obligées à le démanteler. On sera mieux cachées là-bas de toute façon. »

Sa fille a raison. Elles ne doivent pas se faire prendre, mais elles ne peuvent pas non plus renoncer à leur mission. La jeune Alyssa attend leur retour à Wemotaci. Dans ce drame, elle a déjà enterré une cousine : pas question qu'elle ait à perdre aussi sa grand-mère et sa tante. *Il faudra éviter de faire un feu et dormir dans la voiture,* se répète Mikona en se chargeant le dos comme un mulet.

« Tu crois qu'il va manger les truites ? » s'interroge la vieille alors qu'elles rejoignent le Wrangler noir.

L'air espiègle, Sylvette fait tinter son jeu de clés.

« J'espère bien ! »

Et dans la clairière déserte, où la pluie a réveillé mille parfums, les deux femmes éclatent d'un irrésistible fou rire au souvenir des colonies de vers blancs qu'elles ont trouvées dans les viscères des ombles en les évidant.

Le ciel gris est engoncé dans un matelas de nuages, mais la pluie a cessé, c'est ce qui compte. Le sol est tellement trempé que Lorie a abandonné le projet d'allumer un feu. Pour un simple café, le réchaud au butane suffira. En attendant que l'eau bouille, elle se prépare un lunch pour l'expédition de la journée. On compte au moins trois heures de marche vers la décharge du lac Georges. Il lui faudra partir bientôt si elle veut être de retour avant la fin du jour. En glissant un simple fruit et une barre énergétique dans son sac à dos, Lorie sent le regard de sa mère au-dessus de son épaule. Leur dernière querelle, plus intense que les autres, lui revient en mémoire.

« C'est pas un dîner, ça.

— Arrête de me surveiller !

— Ton dernier test de sang remonte à quand ? Tu m'avais promis d'y aller aux trois mois. Si tu respectes pas notre entente…

— Quoi ? Tu vas m'enfoncer une cuisse de poulet dans la gorge ?

— Tu pourrais au moins manger des œufs.

— Arrête avec ça, m'man, pas de produits animaux !

— Mais des œufs de poules en liberté…

— Tu comprends rien.

— C'est rendu une religion, ton affaire.

— C'est mon affaire, justement.

— Si tu fais ça pour me faire chier, c'est réussi. Cuisiner en double à chaque repas…

— J'suis capable de me débrouiller. C'est toi qui me laisses pas faire.

— T'es déjà assez carencée comme ça. T'es-tu vue ? Pâle comme un drap, tu grelottes à rien. Combien tu pèses, là, pour le fun ?

— Arrête !

— C'est à l'hôpital que ça va se finir, ça.

— T'as ben trop peur que les docteurs avec qui tu travailles pensent que t'es une mauvaise mère.

— Mauvaise mère, moi ? Attends de voir si j'suis mauvaise. Pas de sortie avant que tu me ramènes un résultat sanguin impeccable !

— Tu peux pas me forcer.

— Tant que t'es pas majeure, ta santé, c'est ma responsabilité. »

Dans ce cercle fou, entre l'obsession d'Agathe et l'entêtement de Lorie, une guerre sans merci qui ne s'apaisait qu'une fois l'an, en camping dans les bois, alors que les problèmes quotidiens étaient à des kilomètres.

Après y avoir rajouté un sandwich, Lorie boucle son sac d'expédition. Elle recouvre ensuite sa chaise de camping d'une serviette et s'y laisse choir. Mille petits bruits enchantent le matin. Café dans une main, muffin dans l'autre, elle s'imprègne du paysage. Le lac à Matte semble la fixer. Son eau calme n'est égratignée que par de rares moustiques aussitôt happés par les poissons. Au réveil, elle y a plongé pour se laver de sa nuit mouvementée. Impossible de se rendormir après les coups de feu entendus. Durant de longues heures, elle n'a pu qu'imaginer l'horreur qu'a connue sa mère. Il est plus qu'improbable que le tueur revienne : on n'est pas dans un film. Mais s'il le faisait, que lui dirait-elle ? « Bonjour, c'est bien vous qui avez poignardé ma mère ? Je peux savoir pourquoi ? » Elle lance le reste de son café froid dans un taillis. Les gouttes brunâtres glissent sur les fougères et se mélangent à l'eau de pluie.

Quelques minutes plus tard, accroupie sur la grève à rincer la vaisselle du matin, la jeune femme relève la tête en percevant le ronronnement d'un moteur. Dans l'horizon brumeux, une chaloupe se dessine. À son bord, un homme ventripotent agite le bras en guise de salutations. Elle reconnaît aussitôt l'enquêteur Gilles Morneau. Il possède un chalet au lac Clair, tout près, qui fait partie du seul domaine privé de la zec, réservé aux policiers du Grand Montréal. L'enquêteur aime bien se vanter du fait que, même après son transfert à la SQ, on lui a accordé le droit de demeurer membre du groupe sélect. Lorie l'accueille d'un signe de la main avant de s'empresser d'attraper son attirail pour souligner un départ imminent. Elle n'a pas tellement envie de s'éterniser : l'homme lui inspire plus d'amertume que de sympathie. Mais la barque est tout près, et le policier est déjà debout à négocier son accostage.

« Tiens, attrape, lui ordonne-t-il en lui lançant une corde.

— Vous êtes tard pour la pêche », commente Lorie tout en nouant l'attache à un arbre.

Morneau met pied à terre sans répondre. Il inspecte l'endroit d'un drôle d'air, cherche à s'asseoir, remarque l'unique chaise.

« T'es vraiment venue toute seule ? »

Cet air paternaliste qu'il a conservé tout le long de l'enquête, Lorie ne le supporte pas.

« J'avais envie de faire le trek qu'on avait préparé ensemble, maman et moi. Pour boucler la boucle. »

L'enquêteur gratte sa barbe de quelques jours.

« Thérèse m'a averti que t'étais là. Je sais pas si c'est une bonne idée. J'aime pas trop ça te voir camper dans le coin.

— Vous êtes pas loin », réplique-t-elle en forçant un sourire.

Elle aurait plutôt envie de lui dire de se mêler de ses affaires.

« Sur mon terrain, j'ai des petites cabanes pour les invités. Rien de luxueux, mais il y a tout ce qu'y faut. Tu serais mieux qu'ici. Avec la pluie qu'ils annoncent encore… »

… *et les méchants loups qui rôdent,* complète-t-elle mentalement.

« Je peux repasser ce midi avec ma camionnette pour ramasser ton stock, si tu veux. Ça me ferait vraiment plaisir. »

La campeuse se retient de l'envoyer se faire voir. S'il veut jouer l'ange gardien, c'est à sa mère qu'il aurait dû offrir ses grandes ailes.

« Merci, vous êtes bien gentil, mais ça va aller.

— Arrête avec le "vous". Depuis le temps qu'on se connaît. Et puis, je suis passé pour te dire qu'ils ont trouvé du nouveau. Pas grand-chose, mais… Je suis pas censé t'en parler, sauf que tu vas finir par l'apprendre, autant que ce soit de ma bouche. »

Le temps s'arrête.

« Vous avez réactivé l'enquête ?

— Pas moi, je suis à la retraite depuis fin mai, comme tu sais. Mais ils me consultent de temps à autre. T'es pas trop pressée ? »

D'un geste, Lorie invite l'enquêteur à s'asseoir. Bien calé dans la chaise de camping, il lâche :

« Un touriste du Massachusetts a vu rôder un quatre-roues kaki avec armature, l'an dernier.

— Vous l'aviez pas déjà interrogé ? rétorque Lorie, debout devant lui.

— On avait retracé son nom, mais pas ses coordonnées. Il est réapparu la semaine dernière pour acheter un séjour de pêche de quatre jours.

— C'est peut-être lui, le gars qui… l'assassin », suppose-t-elle.

Morneau fait un geste comme pour balayer cette hypothèse.

« Il était déjà loin quand ta mère s'est fait attaquer. Il a signé sa sortie de la zec la veille du meurtre.

— Ça prouve rien. Il est peut-être revenu sur ses pas.

— Il s'est fait intercepter aux douanes à cause de ses prises. Ça nous a permis de confirmer la date et l'heure de son passage au poste de Stanstead, précise-t-il. Mais c'est son témoignage qui est intéressant. En revenant du lac Kennedy, il aurait vu le quatre-roues en question stationné ici, en fin d'après-midi, le mardi. Il se souvient d'avoir aperçu deux personnes, entendu des rires… »

Lorie fait un tour sur elle-même.

« Des rires ? Mais ma mère était seule…, bégaie-t-elle.

— Il semblerait que non. Du moins, pas ce jour-là. »

Le visage de Lorie se vide de toute couleur. Pour lui laisser le temps d'assimiler la nouvelle, Morneau se lève, lui cède sa chaise, dans laquelle elle s'effondre.

« Je vais essayer de te trouver un peu de bois sec pour ton feu », bredouille-t-il, mal à l'aise.

Une douleur à la poitrine saisit la jeune femme. Cette idée, sa mère avec un homme, ne l'avait jamais traversée. Ça ne faisait tellement plus partie de la vie d'Agathe… L'envie de partager son existence avec quelqu'un semblait l'avoir quittée depuis longtemps. Depuis le départ de son mari en fait, un père que Lorie voyait de moins en moins, ne conservant que le souvenir d'un appartement exigu à Shawinigan où, enfant, elle séjournait deux fins de semaine par mois. À l'adolescence, les visites s'étaient espacées sans que personne n'y prête attention. Aux séjours émaillés de disputes, la jeune fille préférait les escapades interdites au bord de la rivière avec ses amis de Saint-Tite. Ces dernières années, « papa » est devenu « Jacques », le père d'un trio de jeunes enfants qui lui siphonnent toute son attention. Souvent, il arrivait à Agathe de pester contre « l'irresponsable » à qui il fallait rappeler la date d'anniversaire de sa fille. Puis elle avait lâché prise, laissant son ex refaire sa vie, fermant la porte aux autres gars qui voulaient entrer dans la sienne. Même le sexe semblait rayé de son emploi du temps déjà trop chargé. Et son temps libre, c'est à sa fille qu'elle le dédiait, au grand dam de cette dernière. À la fin, c'était devenu invivable. Lorie suffoquait sous le poids constant du regard de sa mère, qui la mitraillait de questions : « Qui est cette nouvelle amie ? Vous fumez ? Tu ne touches pas au chimique, c'est clair ? »

La semaine où elle avait refusé de suivre sa mère en vacances, Lorie venait de se faire un petit ami. « C'est qui ? Il est de Saint-Tite ? Tu pourrais l'inviter à souper. »

Jamais ! Impensable de présenter ce musicien de trente ans à sa mère. Elle aurait fait un esclandre. « Je connais ses parents ? Il compte retourner aux études ? » Elle n'en pouvait plus. « Fais ta vie, maman !... Trouve-toi un chum et lâche le mien ! »

Se pouvait-il qu'Agathe ait fréquenté quelqu'un sans qu'elle en sache rien ? Et que, profitant du désistement de sa fille, elle l'ait invité à la zec ? Peut-être l'avait-elle rencontré ici même. Elle aurait offert une bière à l'inconnu, ils se seraient dragués, elle lui aurait dit que ça faisait bien longtemps que... Il aurait trouvé ça touchant, lui aurait pris la main, elle l'aurait attiré dans la tente, et là... le charmeur se serait délesté de son sourire pour dévoiler ses canines acérées... Sa mère aurait crié. Oui, elle aurait hurlé à la mort comme elle lui avait appris à le faire.

« Elle a crié ! » s'exclame tout à coup Lorie devant le détective Morneau qui émerge du sous-bois avec une brassée de branches.

Lorie va à sa rencontre à grandes enjambées et se plante devant lui.

« Ma mère a crié. Quelqu'un l'a nécessairement entendue.

— Qu'est-ce que tu racontes ? »

Elle semble agitée, regarde dans tous les sens. Morneau se fige en attendant des explications.

« Agathe m'a montré comment appeler au secours. Le cri primal, un truc du genre. On a tous ça dans le ventre, y paraît, faut juste accepter de le laisser sortir. »

Elle cherche un arbre, trouve un gros tremble, s'appuie contre le tronc et force hors de son corps fragile un râle si dément que l'enquêteur en fait tomber le bois qu'il avait dans les bras. Reprenant à peine son souffle, Lorie poursuit :

« Vous voyez comme ça fait peur. Aucun gars veut te toucher s'il entend ça. »

Reprenant le cri, avec cette fois des yeux convulsés et un filet de bave au bord des lèvres, une expression monstrueuse.

« Ça le ferait déguerpir sans avoir le temps de relever son pantalon. »

Sonné par le délire de la jeune femme, Morneau ramasse le fagot et va le porter près de l'emplacement du feu.

« Personne nous a parlé d'un cri qu'il aurait entendu. On a interrogé tout le monde, les vacanciers…

— Le chauffeur de taxi ?

— Bien sûr, qu'est-ce que tu crois ?

— Ah ! Mais vous avez oublié une personne ! »

Lorie sort un iPhone de la poche arrière de ses jeans, retrouve la photo prise la veille.

« C'est une maison à vendre à La Croche qui intéressait ma mère. Ça se peut qu'elle ait voulu la visiter et qu'elle ait dit au propriétaire qu'elle campait ici. »

À la vue de la propriété, Morneau affiche un air préoccupé.

« C'est bon, je vais vérifier ça avec le sergent Leblond. C'est lui qui a repris l'enquête.

— Vous avez pas idée à quel point ma mère était bavarde. Elle racontait nos vies à n'importe qui. Même au commis du dépanneur, le temps d'acheter un pain. C'en était gênant. Tout le monde savait qu'on campait dans la zec. Si le propriétaire de la maison lui a posé des questions, c'est sûr qu'elle lui a fourni tous les détails. »

Son débit ralentit. C'est le visage voilé de tristesse qu'elle conclut :

« Ma mère faisait trop confiance aux gens. Il a suffi qu'elle croise la route d'un salaud. Et il en a profité… »

Gilles Morneau s'approche de la jeune femme, pose sa main sur son épaule.

« Arrête de croire ça, on n'a pas…

— Je sais, le coupe-t-elle. On n'a pas de preuve d'une agression sexuelle. Mais je suis convaincue… Le gars l'a achevée parce qu'il sentait qu'elle était pas du genre à se taire, qu'elle l'aurait dénoncé. Il a paniqué. Sinon, pourquoi ? Qui va tuer une femme pour le simple plaisir de la voir crever ?

— Un psychopathe…

— Ça court pas les rues, les psychopathes, c'est pas à moi de vous apprendre ça. Et encore moins le fond des bois. Alors que les pêcheurs, eux, ils sont légion et ils sont chez eux. Loin de leurs femmes, seuls dans la nature, la testostérone pas mal à fond, la main facile sur la braguette… »

Morneau se gratte la nuque d'un geste machinal, soupire.

« Si ta mère avait invité quelqu'un, ça change pas mal la donne. »

Lorie se raidit, fait un pas de côté pour prendre un peu de distance, et lui jette un regard interrogateur.

« Je veux dire… Le fait que le meurtrier la connaissait peut-être apporte un nouvel éclairage…

— Ah bon ? »

Pour éviter les flèches, l'enquêteur détourne le regard vers la forêt.

« Jusqu'ici, on s'expliquait pas que l'assassin ait transporté sa victime à un kilomètre dans le bois et l'ait enveloppée dans une bâche de plastique. S'il nourrissait quelque sentiment pour elle, on peut imaginer qu'il ait eu des remords, qu'il ait voulu protéger le corps des carnassiers.

— Ouais, pis qu'on la découvre juste trois semaines plus tard, embourbée dans un marais ! De quoi effacer ses traces et se donner le temps de prendre le large.

— Es-tu sûre d'avoir reconnu les bottes d'homme retrouvées sur le site ?

— Je vous l'ai déjà expliqué. »

Pointant les larges chaussures placées à l'entrée de sa propre tente, elle répète :

« C'était le truc qu'on utilisait pour éloigner les indésirables.

— Ça lui aura pas servi », se désole Morneau en serrant les dents.

La mine basse, il se dirige lentement vers sa chaloupe, mais Lorie l'interrompt :

« Je vous le dis, ce propriétaire de la maison à La Croche, il faut fouiller de son côté.

— Peut-être. J'y jette un œil aujourd'hui même, promet-il. Ah, toute cette pluie ronge mes vieux os, se plaint-il en reprenant la direction de la berge, le dos voûté. Pour le chalet, tu changes pas d'idée ?

— Je suis très bien ici, répond-elle d'un ton ferme.

— Bon. Sois prudente, on a vu un ours rôder. T'as un sifflet ? »

Lorie hoche la tête. Un autre qui en remet une couche avec cet ours qui rôde. De quoi lui faire renoncer à son expédition. En elle, ses craintes bataillent avec la honte. Sa mère lui en voudrait de céder à la peur. « C'est le pire ennemi des femmes », avait-elle l'habitude de répéter.

Lorie observe le policier peiner à embarquer dans sa chaloupe. Un peu plus et il versait. Déjà six mois qu'elle ne l'avait pas vu. L'homme a pris du poids, il a vieilli. Miné peut-être par l'échec de cette enquête dont la victime lui était connue. À l'époque, Lorie s'était réjouie de savoir qu'on lui avait confié l'affaire. Ce bonhomme rassurant qu'elle croisait chaque été avec sa mère durant leur séjour en camping lui inspirait confiance. Finalement, il n'avait pas fait mieux qu'un autre.

« Je vais repasser demain, voir si tout est correct, lance-t-il en prenant place à l'arrière du bateau, prêt à démarrer le moteur. Si t'as besoin de glace, tu me le dis. »

La glace ! Lorie se fige en entendant ce mot.

« Attendez ! »

Elle avance sur la grève jusqu'à empoigner la tête de la chaloupe. *Chaque été*, se souvient-elle, *Morneau avait l'habitude de leur rendre visite le mercredi pour leur laisser quelques grosses bouteilles d'eau congelée pour leur glacière.*

« L'été dernier, vous m'avez pas dit si vous étiez venu voir ma mère, pour la glace. »

Morneau suspend son geste, cligne des yeux.

« Oui… oui… Je suis passé la saluer, voir si tout allait.

— Elle était seule ?

— Tout à fait. Et elle m'a jamais parlé de sa visite de la veille. »

Lorie insiste :

« Vous la connaissiez bien. Vous travailliez avec elle sur un comité à l'hôpital, non ?

— Euh… Oui, oui. »

Le souvenir qu'elle évoque fait naître un sourire sur ses lèvres.

« C'est elle qui animait nos réunions. Et je vais te dire, ça faisait longtemps que j'avais pas rencontré une femme aussi passionnée.

— Vous avez rien remarqué ? Peut-être qu'elle s'était fait un chum dans le groupe de concertation ? »

Il hésite un instant, la réponse semble lui coûter.

« Je l'ai jamais vue avec quelqu'un d… Elle me parlait pas trop de ses affaires personnelles, disons. »

Lorie baisse la tête, vaincue.

« Ta mère, c'était quelqu'un de bien, dit-il d'un ton sévère. Même si elle est morte, faut jamais que tu lui manques de confiance, OK ? Peu importe les choix qu'elle a faits. »

Le vrombissement du moteur avale les dernières paroles de l'enquêteur. La chaloupe s'éloigne, traçant des ondes qui font frémir le lac. La jeune fille accuse le coup : une grosse partie de la vie d'Agathe lui échappe. Qu'en connaissait-elle vraiment ? Ses secrets sont demeurés noyés dans le marécage où on l'a retrouvée. Ce coin funeste, elle l'a localisé sur une carte topographique avant de venir, pour être certaine de l'éviter.

La matinée est déjà bien avancée. Lorie empoigne son sac à dos. Dans le lointain, une salve d'éclairs zèbre le ciel. C'est le cœur tourmenté qu'elle s'enfonce dans la forêt touffue.

Toujours tenaillée par la faim, l'ourse est retournée à la clairière, près des cascades, dans l'espoir d'y trouver d'autres appâts sucrés. Son repas d'hier, même s'il était inespéré, n'a fait que lui ouvrir l'appétit. Elle est à chercher un beigne oublié sous le tapis des feuilles lorsque le grondement d'un véhicule l'alerte. En quelques bonds, elle se réfugie dans les fourrés. Au bout d'un moment, l'air transporte jusqu'à sa retraite des voix de femmes discutant autour du baril de plastique. L'ourse flaire le danger de leurs fusils.

Les entrailles de la bête s'agitent. Elle pointe son museau dans la direction du baril. Ce matin, au lieu d'effluves de sucre, ce sont des relents de poisson que les rafales annonciatrices d'orage charrient. Un nouveau vrombissement perce le silence des bois. Les femmes sont reparties. La langue de l'ourse s'allonge, l'odeur lui inspire l'imprudence. Retourner voir si elle peut se servir sans se faire coincer. L'ourse s'approche, résolue à se montrer plus maligne que celles qui la piègent.

Après avoir avalé toutes les têtes de poisson répandues près du piège, la bête se vautre dans les brindilles sur le sol.

Des épines de pin s'accrochent à son pelage et lui piquent le dos. Gavée, extatique, elle n'y prête aucune attention. Pour la première fois depuis longtemps, les lamentations de son estomac se sont tues. Elle peut presque entendre les embryons barboter dans sa matrice. Si la chance demeure de son côté, que son apport en gras s'avère suffisant, durant les longs froids, ses petits naîtront.

Les deux Atikamekw ont emprunté le chemin forestier qui les mènera à la route 450 en direction du Rang Ouest. Pour parer aux secousses du Jeep dans le sentier cabossé, Mikona serre les doigts sur la poignée fixée au plafond de l'habitacle. Pourvu que les coups de feu logés au ciel la nuit dernière n'aient pas fait fuir l'ourse trop loin. Réveillée par les détonations, Sylvette l'a solidement engueulée. Si la bête a quitté le secteur, c'est tout leur plan qui tombe à l'eau. Mikona s'en veut d'avoir utilisé sa carabine mais il fallait bien se protéger, éloigner l'animal de leur abri. À une nouvelle secousse, le cœur lui tourne. Agrippée au volant, Sylvette ne semble pas incommodée le moins du monde par les trous boueux qu'elle ne se préoccupe pas d'éviter.

« Tu vas briser ta voiture, la prévient Mikona.

— Je m'en fous.

— Si on se retrouve à pied, on ira pas loin.

— Je sais ce que je fais. Tout se passe comme je t'avais dit, non ? »

La mère lui fait les gros yeux.

« Le garde-chasse, il était pas censé nous voir.

— Il parlera pas », tranche Sylvette d'un ton ferme.

Le regard acide qu'elle plante sur la route convainc Mikona de l'inutilité d'insister. Quand sa fille a quelque chose dans la tête…

« La bête a déjà une patte dans le filet. La laisser s'échapper serait trahir Daisy. »

Même si l'idée la révulse, Mikona sait que Sylvette a raison. Elles doivent aller de l'avant. Brûler de la sauge au rituel du pardon ne suffit plus depuis le jour où sa petite-enfant chérie s'est donné la mort. Le cercle de guérison n'a pas réussi à effacer la colère qui a fait de son âme sa maison. Le poison de la vengeance la mine. Pour se nettoyer le cœur, il n'y a pas d'autre solution que cette horrible chasse, imaginée mille fois durant les longs mois d'hiver. Elles avaient tout prévu, sauf cet employé un peu trop zélé à son goût…

Dans le lac Georges, Lorie flotte sur le dos, bras en croix, sa peau blanche offerte à l'averse qui vient d'éclater. Elle adore se baigner sous la pluie, plonger dans le paysage jusqu'à s'y perdre. Faire partie d'un grand tout à la manière des nénuphars qui l'auréolent. La longue expédition qu'elle vient de faire lui a donné chaud. L'eau fraîche soulage à peine ses ampoules aux pieds et ses muscles endoloris. Elle a perdu en endurance. À cette seule pensée, elle entend la voix de sa mère attribuer son manque d'énergie à une carence en protéines. *Ç'a rien à voir ! Arrête de me traiter comme si j'étais une de tes patientes, OK ?*, s'imagine-t-elle répliquer.

La pluie s'est intensifiée jusqu'à lui fouetter la peau. Le rivage semble bien loin maintenant. Lorie nage en vitesse, mais s'essouffle rapidement. Elle n'aurait pas dû délaisser son programme de mise en forme comme elle l'a fait. C'est sa première randonnée pédestre en deux ans, elle qui depuis son tout jeune âge a été entraînée dans les équipées de sa mère. C'était toute une sportive, qu'il fallait imiter. « Si tu peux te rendre au sommet du mont Dôme, tu pourras tout faire », lui a-t-elle dit un jour. Elles l'ont escaladé ensemble plusieurs fois. Le sandwich aux œufs n'a jamais été si savoureux que lorsqu'elles ont pique-niqué au sommet après la première ascension. Juste pour ça, ça valait les heures d'effort. Ça, et la vue. Contempler le monde d'aussi haut procure un état d'euphorie qui fait fondre le poids des soucis comme par magie. Les moqueries de ses amis d'école sur ses bourrelets et ses seins naissants lui paraissaient bien loin.

Après quelques derniers coups de brasse, Lorie rejoint enfin le rivage. À sa sortie, un léger vertige l'assaille. Elle doit avaler quelque chose. Son bagage est demeuré au sec dans l'anfractuosité d'un rocher. La forêt dense la protège de l'ondée, le temps qu'elle s'habille et se couvre d'un imperméable. Dans le sous-bois où elle s'installe pour dîner, les maringouins ont fait leur apparition. Vite, s'enduire de Muskol. Elle réalise à ce moment que la pochette contenant le chasse-moustiques et la crème solaire n'est plus accrochée à son sac à dos. Elle jurerait pourtant de l'y avoir vue ce matin. C'est vrai qu'elle n'a pas eu encore à s'en servir. L'aurait-elle perdue en chemin, ou pire, oubliée à la maison ? Comme elle doit reprendre le même sentier au retour qu'à l'aller, elle se promet de prêter une attention particulière au sachet de nylon rouge possiblement égaré.

Le Wrangler noir de Sylvette est dissimulé derrière un hangar à bateau en bordure du lac Clair. De leur cache, elles ont pu observer les allées et venues du véhicule de l'homme qu'elles traquent. Et de son fils. Le voir gambader en compagnie de son papa leur a vrillé le cœur, mais comme dans un accord tacite, elles n'en ont pas parlé.

Pour l'instant, le RAV4 de Sylvain Hook est garé devant son camp. Cet après-midi, à cause des averses, le chauffeur de taxi n'est pas allé bien loin; c'est à peine s'il s'est posé sur le bout du quai avec son garçon pour pêcher avant de retourner à pied à sa cabane, les mains vides.

Une fois l'averse passée, en fin d'après-midi, Hook a vidé six bières avant de s'endormir dans sa chaise longue. L'enfant est rentré jouer seul dans la cabane. Hook s'est réveillé deux heures plus tard. À l'heure qu'il est, ils doivent finir de souper. *Son dernier repas*, songe nerveusement Mikona. Contrairement à ce qu'elles avaient envisagé, l'homme ne s'est pas aventuré sur un autre lac où elles auraient pu le surprendre. Avec les voisins à proximité, pas question de l'attaquer maintenant. Mieux vaut attendre la nuit.

Sylvette donne un coup de coude à sa mère et pointe vers l'entrée du chalet. Du mouvement sur le site. C'est Sylvain qui se dirige vers son véhicule, un petit sac rouge à la main. Il sifflote, semble toujours ivre. La radio crache sa musique à plein volume. Sylvette calcule une minute puis démarre à son tour.

Suivre leur proie est un jeu d'enfant. Il conduit lentement et ne semble pas attentif au véhicule qui roule derrière lui, à bonne distance. Mais à une intersection, les femmes ont la surprise de le voir rester à droite sur le Rang Ouest.

« Il va où ? Il y a rien par là », s'inquiète Mikona.

Sylvette ralentit alors que l'homme bifurque près d'une tente dressée à l'ombre d'un boisé. Elle remet aussitôt les gaz, feignant de poursuivre son chemin. Au bout d'un kilomètre, elle freine sec.

« Qu'est-ce qui te prend ? »

Sylvette met un moment à remettre ses idées en ordre. D'un ton grave, elle confie :

« C'est le site de camping de madame Soulanges.

— Qui ?

— Tu la connais pas. C'est une infirmière. Elle faisait partie de l'équipe médicale qui nous visitait au Centre Wapan. Je jasais souvent avec elle. Elle prenait le temps de m'écouter, j'aimais ça. Elle m'a montré des photos de sa fille, de leurs vacances. Elle se vantait d'avoir découvert le plus beau coin du monde au lac à Matte. Je lui répétais que notre camp à Rapides-en-Cœur était mille fois plus beau. J'avais promis de l'amener un jour.

— Une autre parole en l'air… »

Le visage de Sylvette s'assombrit.

« Elle s'est fait assassiner l'été dernier, ici même. Tous les journaux en ont parlé. Au Centre, on a été sous le choc. »

Mikona porte la main à sa bouche.

« T'en as entendu parler ? demande Sylvette.

— Oui, oui… Mais… le lac est grand. C'est peut-être pas…

— C'est ici, l'interrompt-elle. Le seul endroit où le bras de la forêt s'avance dans le lac. La même période de l'année en plus… »

Disant cela, Sylvette saisit le volant et remet le moteur en marche.

« Ça veut rien dire. Le site leur appartenait pas.

— Y avait pas d'auto à côté de la tente. Agathe m'avait dit qu'elles prenaient toujours un taxi pour se rendre. En connais-tu beaucoup qui font ça ? C'est sa fille qui est là, je suis sûre. »

Au mot « taxi », Mikona serre les dents. Sylvette effectue un prudent demi-tour sur le chemin gravelé et avance lentement vers le site de camping. Elle se gare à une distance prudente, éteint de nouveau le moteur. Les deux femmes retiennent leur souffle, aux aguets.

Ça fait quatre heures que Loric marche. Si elle ne s'était pas égarée, elle serait déjà de retour de son expédition. Heureusement qu'elle a retrouvé les balises du sentier alors qu'on y voyait encore clair. Ses talons écorchés la font atrocement souffrir. Même si la pluie s'est arrêtée, la jeune femme n'ose pas abaisser le capuchon de son imper. Des nuées de moustiques dansent autour de sa tête. Ils s'étaient montrés moins voraces à l'aller. Habituellement, en août, on en voit peu. C'était d'ailleurs la raison pour laquelle elles campaient à cette date en Haute-Mauricie. Au début de l'été, avec les mouches noires et les brûlots, il ne faut même pas y songer. Agathe se vantait à qui voulait l'entendre d'avoir trouvé « LA semaine parfaite », épargnée à la fois des maringouins et des tirs de carabine.

Lorie jette un œil inquiet à son cellulaire. Elle doit hâter le pas si elle veut regagner son site avant la nuit. En raison des nuages, le sous-bois est déjà plongé dans la pénombre. La marche rapide fait suer la campeuse à grosses gouttes. Son pouls s'accélère comme sous l'effet de la panique. Pourtant, rien ne bouge dans le calme serein des conifères.

Elle finit par s'arrêter, hors d'haleine. Le sang lui martèle les tempes, sa vue se brouille. Elle aurait dû avaler plus qu'un demi-sandwich ce midi.

Soudain, il lui semble entendre un craquement derrière une haie de buissons. Elle s'immobilise, se retient de respirer. Des nœuds dessinent des yeux menaçants aux mélèzes qui la fixent. Et ces nids de sorcières qui pendouillent au-dessus d'elle entre les branches… Il s'en faudrait de peu que les racines de ce grand pin ne s'arrachent du sol et ne l'étranglent. Dans la lumière qui décline, une peur absurde l'envahit, semblable à celle qu'elle éprouvait, enfant, à la lecture du *Petit Chaperon rouge* ou de *La Belle au bois dormant*, des héroïnes qui ont chèrement payé leur imprudence aventureuse. Les leçons de courage enseignées par sa mère lui semblent bien lointaines.

Pour Agathe, la peur avait toujours été l'ennemie de la vie. Et c'est dans cette même forêt qu'elle l'affrontait le mieux.

« Allez, lève-toi !

— On va où ? lui demandait la jeune Lorie, tout ensommeillée.

— Se promener. »

Et sa mère de l'entraîner dans la forêt, sans lampe de poche. Si c'était une nuit sans lune, encore mieux. Après une dizaine de minutes, une fois certaine de se retrouver loin de tout, elle la défiait :

« Qu'est-ce que tu vois ?

— Rien. Il fait noir. Je vois rien.

— On est venues ici ce midi et tout est demeuré exactement pareil. Tout dort. »

Une branche qui craque. Des pas.

« J'entends du bruit !

— Une bête qui cherche sa maison, ou qui chasse. T'as peur des tamias, maintenant ?

— Mais les loups…

— Les loups habitent beaucoup plus loin, de l'autre côté du barrage. Allez, on bouge ! »

Malgré la fatigue qui lui faisait cligner des yeux, l'enfant la suivait de près comme un ourson, parce que sa mère savait chasser les monstres. Et tant qu'elle était là, rien ni personne ne pouvait la mettre en danger.

À présent, prise de frayeur, Lorie court entre les arbres serrés les uns sur les autres, sautillant à tout moment pour éviter les crevasses qui morcellent le terrain. La nuit a avalé les repères du sentier. Comme il lui tarde de se retrouver à la lueur d'un bon feu ! Ralentissant à peine la cadence, elle plonge la main dans la poche de son pantalon. L'éclairage de son iPhone l'aidera à se guider. Il ne faudra pas oublier de le remettre dans l'étui à batterie intégrée en rentrant au campement. Alors qu'elle lève les yeux du sol pour allumer la lampe de poche de son appareil, son pied droit se prend dans une racine. Tout son corps est projeté en avant. Dans sa chute, son genou va se cogner contre une pierre. Le hurlement de douleur retentit à des kilomètres à la ronde. Désorientée, Lorie s'agite, promène une main dans les broussailles. La forme rassurante de son cellulaire se laisse enfin deviner au bout de ses doigts. À la lueur de la lampe, elle vérifie sa blessure entre les pans déchirés de son pantalon : une entaille profonde qu'elle devra s'empresser de nettoyer. De la terre s'est logée sous la peau. En se relevant avec précaution, elle réalise aussi qu'elle est incapable de marcher sur son pied droit. Il lui faut dénicher une branche assez résistante pour s'en faire une canne. Celle-ci fera l'affaire, pour autant qu'elle ne s'appuie pas trop fort dessus. Plus que quelques centaines de mètres, estime-t-elle, avant de rejoindre son campement.

Soudain, dans l'air humide du soir, l'éclopée croit déceler une odeur de fumée, mais l'impression est aussitôt éclipsée par le mouvement d'une ombre dans les fourrés. Lorie s'immobilise, le cœur battant. Là, devant elle – elle ne rêve pas –, rôde un ours. Une décharge d'effroi lui parcourt la colonne. Ne pas bouger, le laisser s'éloigner. Mais l'animal se rapproche, lève la tête dans sa direction, semble l'avoir flairée. Sa taille impressionne, de même que la bosse au milieu du dos, si décharnée ! Des mouches lui tournent autour ; il émet un grognement. Annonce-t-il qu'il va charger ? Estropiée comme elle est, il ne sert à rien à Lorie de courir, même de reculons. Le faire fuir, se montrer plus grande que lui, c'est le seul moyen. Le ventre noué par la peur, Lorie lève sa canne de fortune et trace des arcs au-dessus de sa tête. L'ours ne bronche pas. C'est intenable.

Pourquoi reste-t-il là ? Il a peut-être senti l'emballage du sandwich dans son sac à dos ? Qu'à cela ne tienne : elle lance le sac dans un bosquet vers la gauche. L'ours tourne la tête vers la dépression d'où provient le bruit, et la jeune femme en profite pour manipuler son téléphone. Elle sélectionne une chanson au hasard : *Turtleneck*, de The National, résonne dans la forêt. D'abord à faible intensité, puis elle monte le son au maximum. L'ours, d'abord figé de stupeur, lance une plainte lancinante puis, d'un pas pesant, s'éloigne, s'enfonçant dans la nuit d'où il est venu.

C'est seulement une fois sa tente en vue que Lorie s'arrête pour reprendre son souffle. Elle ne s'était pas trompée. Une odeur de fumée flotte bel et bien dans l'air. Pire, elle provient de son campement. Une montée de colère chasse les derniers relents de frousse. Qu'est-ce que Sylvain Hook, qu'elle reconnaît à travers le feuillage, fout là, installé sur sa chaise, une canette de bière à la main ?

« Salut ! », lance-t-elle froidement en s'immobilisant derrière lui.

Son arrivée le fait sursauter.

« Crisse, tu m'as fait peur ! »

Puis, rassemblant ses esprits, il s'explique :

« Je commençais à m'inquiéter. Euh… La musique, tantôt, c'était toi ?

— Oui. Je suis trempée, s'excuse-t-elle en se précipitant dans la tente pour se changer.

— Fais comme chez vous ! » lance Hook en rigolant.

Avec peine, Lorie retire ses souliers boueux et ses bas, enfile un jogging. Sa cheville l'élance terriblement.

« J'ai croisé l'ours dont André nous parlait hier, annonce-t-elle en revenant près de son visiteur.

— Wow ! T'aurais pu y passer ! Tu mérites une bière ! Tiens. »

Aux pieds de l'intrus, cinq canettes. Lorie hésite et finit par accepter celle qu'il lui tend. Elle vient de passer à deux doigts de la mort, le réalise à peine. Le choc, sans doute. Ça lui fera du bien de décanter un peu avant de souper. Le chauffeur de taxi lui a cédé la chaise et tire vers lui la glacière pour s'y asseoir tout près d'elle. Le reflet du feu adoucit ses traits. Il s'anime tout à coup, plante ses yeux vitreux dans les siens.

« J'ai fait un bout dans le sentier, mais ma lampe de poche m'a lâché. Je te le jure, j'étais sur le bord d'avertir la direction de la zec. Je m'étais donné jusqu'à vingt et une heures. Mais t'es là, c'est ce qui compte. »

Il étend le bras et lui serre la cuisse vigoureusement. Lorie ramène ses jambes vers elle en grimaçant.

« T'étais venu pour quoi au juste ? lance-t-elle après une longue gorgée de Budweiser.

— Oups ! C'est vrai, j'ai failli oublier. »

Hook se lève et se dirige en titubant vers le RAV4. Il tente d'ouvrir la portière avant, mais elle est verrouillée. Les autres aussi. Après avoir fouillé ses poches, il peste.

« Bâtard, je me suis embarré dehors ! »

Puis, se tournant vers la campeuse avec un sourire coquin :

« Tu vas être obligée de me garder pour la nuit ! »

Lorie n'a pas le temps de réagir que son invité est déjà à genoux à tâter sous le pare-chocs.

« Ben non ! T'es chanceuse que je garde une clé de secours. »

Il trouve ce qu'il cherche, ouvre aussitôt la portière et attrape un objet qu'il rapporte à la jeune femme.

« T'avais laissé ça dans mon taxi. Je me suis dit que t'en aurais besoin. On survit pas sans Muskol, ici ! »

Lorie ouvre le sac rouge. Tout y est.

« Je sais, je me suis fait piquer partout !

— C'est le cou que les petites mouches préfèrent », dit-il, posté dans son dos.

Il soulève la chevelure coupée au carré pour dégager la nuque, puis fait glisser un doigt râpeux jusque derrière l'oreille.

« Et surtout ici, dans le repli… »

Lorie secoue la tête, se lève d'un bond, oubliant sa blessure. Elle laisse échapper un cri, retombe assise.

« Maudit, on dirait que ça enfle, marmonne-t-elle en se palpant.

— Tu t'es peut-être foulé la cheville ? Laisse-moi voir. »

Lorie proteste poliment. Hook insiste :

« Tut, tut… J'ai mon cours de premiers soins. »

Sa canette se renverse lorsqu'il tente de la déposer par terre.

« C'est vraiment rien », insiste Lorie.

Mais l'autre ne l'écoute pas. Il s'est agenouillé devant elle. La jeune femme sent monter jusqu'à son nez les effluves d'alcool. Le chauffeur de taxi a dû boire un bon coup avant qu'elle arrive. Comment va-t-elle réussir à s'en débarrasser ? Avec sérieux, Hook lui prend la jambe. À la vue du sang qui a imprégné le tissu, il remonte son jogging au-dessus du genou.

« Méchante égratignure !

— Je vais nettoyer ça. »

Il ausculte ensuite le pied.

« Essaie de bouger les orteils. »

La jeune femme s'exécute.

« Y a rien de cassé. Tu t'es sûrement étiré quelque chose. Faudrait que t'évites de marcher dessus pour une couple de jours.

— Ben là…

— T'as de la glace ?

— Il doit en rester un peu. »

L'homme allonge le bras pour ouvrir la glacière. En tassant les provisions, il découvre une bouteille de vin blanc.

« Oh… T'attendais de la visite ? T'en veux ? Peut-être que t'aimes mieux ça que la Bud, dit-il en dévissant le bouchon.

— Non non, c'est beau. »

Hook pose la bouteille par terre, puis traficote une compresse à l'aide d'un linge à vaisselle. Reprenant sa position assise, il pose le mollet dénudé de la jeune fille sur ses cuisses tout en appliquant de la glace sur la cheville.

Réalisant le piège en train de se refermer sur elle, Lorie se raidit. La nuit est tombée, aucun voisin dans les parages. Et sans réseau, comment espérer de l'aide ?

« Pis, le froid, ça fait du bien ? demande-t-il.

— Oui, c'est ben beau, là, j'ai plus mal du tout.

— J'suis content d'être resté. J'aurais pu laisser ta pochette là et repartir. Mais je voulais être certain que tout allait bien. Pis comme de fait ! Un ours, une foulure, un genou ouvert… Une chance que j'étais là ! »

Subrepticement, il dirige le pied de la jeune femme vers la fourche de son pantalon. Un tortillement du bassin trahit l'inconfort de sa verge qui durcit. Le cœur de Lorie s'emballe. Avec mille précautions, comme pour désamorcer une bombe, la blessée retire sa jambe.

« Merci pour tout, c'est vraiment gentil. Ça fait vraiment moins mal, affirme-t-elle en tentant de masquer la nervosité qui perce dans sa voix. Avec une couple de Tylenol, je devrais réussir à dormir. Mais je voudrais pas te retarder, je sais que t'as ton garçon…

— Y a quelqu'un qui s'en occupe, répond-il.

— Non mais quand même… »

Le chauffeur de taxi se tourne vers elle. Ses yeux inexpressifs louchent. Il est plus soûl qu'elle l'avait cru.

« Quoi, tu me crisses à porte ?

— Je suis fatiguée, plaide-t-elle.

— Taboire ! se plaint-il. Je fais un détour pour venir te reporter tes affaires, je t'attends deux heures, je te soigne pis c'est comme ça que tu me remercies…

— Je suis vraiment épuisée. T'es super fin d'être venu », insiste Lorie.

Puis, improvisant une voie de sortie :

« Pourquoi tu reviendrais pas demain midi ? Je nous ferais un bon spaghetti. Je serais en meilleure forme. »

L'invitation semble cheminer au ralenti jusqu'à l'esprit embrouillé de Sylvain.

« T'aimes-tu ça, faire du canot ? demande-t-il sans qu'elle puisse trouver de lien apparent avec la situation.

— Euh… oui. »

Emballé, il se lève d'un bon, vacille.

« Demain, fille, j't'emmène au lac Voisin. C'est un peu plus bas, mais pas très loin. Y a une belle île au milieu.

— Super », répond Lorie en escortant l'indésirable d'un pas boitillant jusqu'à son véhicule.

Pourvu qu'il ne s'étale pas à terre en chemin. Comment arrivera-t-il à se rendre à son chalet dans le piètre état où il se trouve ? Soudain, dans un geste qu'elle n'a pas vu venir, Hook fait volte-face, l'empoigne par la taille et presse sa bouche contre ses lèvres. Tout se déroule si vite que Lorie n'a même pas le réflexe de résister. Comme s'il réalisait ce qu'il venait de faire, l'homme s'éloigne d'un pas et lève les bras en signe de capitulation.

« Excuse-moi, j'en ai un peu trop pris à soir, j'pense. J'vais te laisser dormir. »

Il s'installe derrière son volant. En démarrant, le véhicule soulève une giclée de boue qui va s'écraser sur la paroi de la tente. La jeune femme demeure sur place, abasourdie.

Après avoir nettoyé son genou écorché et avalé une barre tendre en guise de souper, Lorie se glisse dans son sac de couchage humide. Dans son esprit tourmenté s'échafaude un plan. Demain, quand le sergent Morneau viendra lui apporter de la glace, ses bagages seront prêts. C'est à un feu refroidi que Sylvain Hook fera ses avances.

Dans la torpeur nocturne qui s'installe, un Jeep Wrangler Rubicon file le RAV4 de Sylvain Hook.

« Arrête de le coller, il va nous repérer, grommelle la vieille Mikona. S'il roule en direction du sud, c'est qu'il s'en retourne chez lui.

— Ça, c'est s'il prend pas le fossé avant. »

Les coups de volant brusques et les variations de vitesse trahissent l'état d'ébriété avancé du conducteur.

« Il va être facile à maîtriser », se réjouit Sylvette.

Mikona se cambre. Comme sa fille, elle anticipe ce moment depuis longtemps. Mais maintenant qu'elles sont sur le point de mettre leur plan à exécution, la petite voix de sa conscience la harcèle.

« On arrête tout ! ordonne-t-elle.

— Qu'est-ce qui te prend ? Pas question ! On le tient.

— Ça se passera pas comme on a prévu, je le sens. »

La détermination se lit sur les traits durs de Sylvette.

« Tu peux descendre, si tu veux. Moi, je le lâche pas. Il doit payer pour le mal qu'il nous a fait.

— Ça nous ramènera pas Daisy. Et si on se fait prendre, c'est Alyssa qui va se retrouver seule. Elle a besoin de nous.

— On se fera pas prendre, compte sur moi. »

La voix rageuse de sa fille fait frissonner Mikona. Ce gars ignore l'enfer qui l'attend.

« Tu m'avais pas dit qu'il serait avec son fils. »

Sylvette applique les freins avec force. Mikona est projetée vers l'avant, interrompue dans son élan par la ceinture de sécurité qui se bloque. Le visage qui se tourne vers elle est tordu de douleur.

« T'as déjà oublié ! J'avais une fille, moi aussi. Ta petite-fille, *kokom* ! C'est pour elle qu'on fait ça ! »

Mikona ferme les yeux. Elle n'aime pas voir Sylvette possédée par ses démons. Depuis le suicide de l'adolescente, la colère n'a cessé de faire ses ravages, brûlant tout sentiment sur son passage. Son cœur désormais est une terre aride où plus rien ne pousse, ni compassion ni pardon.

La filature reprend. L'explosion de hargne semble avoir calmé Sylvette quelque peu. Mikona lui envie son courage. Le sien s'est évaporé ce midi, lorsqu'elles ont aperçu le jeune fils pêchant avec son père. Un cercle de bonheur qu'elles s'apprêtent à briser à jamais. Comme une maladie insidieuse, le doute s'est installé en elle, la ronge depuis des heures. Le mal n'engendre que le mal.

Les voilà revenues à leur poste d'observation, garées en retrait du sentier de terre qui mène au chalet de leur cible.

Sylvette se penche vers sa mère, lui presse le bras.

« Je sais que c'est difficile. Mais il faut qu'on force la main à la justice. Allons le tirer hors de son lit. Avec le canon sur la tempe, il aura pas le choix de nous suivre.

— Et s'il crie ?

— Il osera pas, pour protéger son jeune. »

D'un coup de menton, Mikona acquiesce. Les deux femmes se glissent hors du Jeep et avancent vers le chalet, attentives au moindre bruit. Soudain un claquement de porte les fait sursauter.

« Qu'est-ce qu'il fait là ? » chuchote Sylvette.

Mikona ose quelques pas hors des fourrés qui la cachent. Ce qu'elle discerne dans la pénombre la laisse sans voix : Hook est en train de hisser un canot sur le toit de son véhicule.

Depuis le coucher du soleil, l'ourse erre sans but. Ses pas l'ont menée à la tanière où elle a passé l'hiver. L'abri, logé dans la cavité du rocher, est encombré de débris. Il lui faudra l'aménager avant la saison froide, qui s'installe de plus en plus tôt. En écrasant les branchages, elle retrouve l'espace qu'elle avait élargi. Après l'avoir nettoyé des pierres qui l'encombraient, elle s'y couche pour reprendre des forces. La faim, de nouveau, fait entendre son cri. Dormir pour en apaiser la tyrannie.

À peine assoupie, elle est réveillée par un feulement. L'ourse redresse les oreilles. Le bruit reprend. Il est tout près. Une bête qui renifle le sol. En pointant son museau hors du trou, l'animal surprend un renard roux qui à sa seule vue décampe.

L'ourse se met à grogner dans sa direction. Qu'on ait repéré son antre n'annonce rien de bon. Pour mettre sa portée à l'abri, elle devra s'éloigner. Pas question de voir ses oursons se faire dévorer.

L'ourse rugit, rampe hors du refuge. Des feuilles mortes lui collent au corps. Il y aura toujours plus fort qu'elle. Mais ses petits vivront, même si elle doit manger de la charogne pour les sauver. C'est la rage aux pattes qu'elle dévale le sentier qui la mène droit à la clairière de la chute où, hier, les femmes ont déménagé leur campement.

Un véhicule approche, phares éteints, se range à proximité du site. Les Tylenol ayant apaisé ses douleurs, Lorie dort d'un sommeil profond. Elle n'entend ni le roulement du moteur ni le claquement de la portière. Ce n'est qu'au coulissement de la fermeture à glissière de sa tente qu'elle émerge de sa torpeur. Ses yeux n'ont pas le temps de s'adapter à l'obscurité qu'elle sent un poids sur elle. L'haleine d'alcool trahit l'identité de son agresseur, déclenche dans l'instant ses réflexes. Alors que des mains rudes fouillent son T-shirt pour lui toucher les seins, elle passe le bras sous l'oreiller, tâte le mince matelas de styromousse. L'arme aussitôt en main, Lorie lâche un cri à glacer le sang qui force l'homme à relever la tête. Dans la seconde de surprise où il s'immobilise, elle lui assène un violent coup de couteau au visage.

La suite, Lorie n'en conserve qu'un vague souvenir: une odeur de sauge, puis une épaisse fumée blanche qui se répand dans la tente et la prend à la gorge. *Le feu! Il y a le feu*, l'alerte son cerveau effaré. Elle tente de sortir mais Hook, essayant de fuir lui aussi, la projette violemment contre le sol en vociférant. Sa tête va frapper contre une roche. Lorie suffoque. Elle ne veut pas mourir. Un voile noir descend sur ses yeux alors qu'elle sombre.

Lorsque Lorie reprend conscience, un picotement lui brûle les yeux. Elle bat des paupières pour les humidifier. Sa gorge est en feu et sa tête veut lui fendre. Sur son front, une solide bosse s'est formée, qu'elle palpe, soucieuse. Secouée par une quinte de toux, elle se redresse sur son coude. Où est-elle ? Il lui faut quelques secondes pour comprendre qu'elle repose sur la banquette arrière d'un véhicule qui lui est étranger. Des images refont surface. L'attaque de Hook, la tente enfumée, des bras qui la secourent. Des cris dans la nuit, le vrombissement d'un moteur.

Elle ouvre la portière du véhicule sans faire de bruit. Lorsqu'elle pose le pied à terre, sa surprise est totale. Le RAV4 de Sylvain Hook, un canot sur le toit, est stationné juste à côté, en plein bois dans un chemin forestier qu'elle ne reconnaît pas. À son bord, une femme âgée somnole. Cette dernière se réveille en sursaut aux coups frappés contre la portière, abaisse la vitre et lui sourit.

« Lorie ! Ça va ?

— Vous savez comment je m'appelle ?

— Le chauffeur de taxi. Il criait ton nom. »

Elle descend de la voiture, une lampe de poche à la main.

« Je m'appelle Mikona Awashish. Tiens, mets ça ! lui ordonne-t-elle en lui lançant son pantalon de jogging et son polar, qu'elle a dû récupérer dans sa tente. Suis-moi, ma fille Sylvette nous attend plus loin.

— On va où ? s'inquiète Lorie. Pourquoi vous êtes ici ?

— Suis-moi et tu auras tes réponses. »

Lorie n'a d'autre choix que d'obéir. Les sens encore embrouillés, elle emboîte le pas à la vieille femme dans un sentier d'herbe foulée et de branches brisées. L'air frais lui fait du bien, dissipe peu à peu les brumes de son cerveau. Sa cheville et sa tête l'élancent toujours, mais la douleur est supportable, et l'autre ne marche pas vite. Au terme d'un parcours d'une quinzaine de minutes apparaît au loin la lueur d'une autre lampe de poche. Quelque part, le grondement d'une chute brise le silence nocturne.

À peine a-t-elle fait un pas dans la clairière que Lorie se fige sur place. Le spectacle qui s'offre à elle est si irréel qu'elle se sent incapable d'articuler le moindre mot. Tel un martyr des vieux livres d'histoire, Sylvain Hook, un bâillon en travers de la bouche, son corps nu, maculé de sang, gît effondré au pied d'un gros orme. Lorie se tourne vers Mikona, qu'une femme plus jeune est venue rejoindre. Aucune des deux ne semble importunée par sa présence.

« Qu'est-ce que vous avez fait ? demande Lorie, terrorisée.

— C'est le gars qui t'a sauté dessus. Tu le connais ?

— Oui… euh, je veux dire… C'est le chauffeur de taxi qui m'a amenée à mon camping.

— Et qui t'a rendu une petite visite surprise. Tu sais te défendre, ma fille. Bravo ! »

Le coup de couteau asséné au visage de Hook. Lorie s'en souvient tout à coup. Elle n'ose évaluer les dégâts.

« En plein dans l'œil ! » ricane la plus jeune, avalant une gorgée de rhum à même la bouteille.

Mikona mêle son rire au sien. Lorie les dévisage toutes deux. Une même ivresse semble les animer. Puis, s'interrompant, la plus jeune reprend un air sérieux.

« Sylvette, se présente-t-elle. Ma mère et moi, on a décidé que ce trou de cul méritait une leçon. Bienvenue dans le club !

— Il faut… Il faut alerter la police, avance timidement Lorie.

— On n'alerte personne. La police, c'est des vendus, comme lui. Tous du même bord.

— Je connais quelqu'un, insiste-t-elle. Un policier à la retraite, il est au lac Clair. C'est pas loin. Je peux aller le chercher si vous voulez.

— Tu vas nulle part, l'avertit Sylvette en agitant les deux jeux de clés dans sa main. Cet homme est un *wakoc*, un renard ! Ça fait des années qu'il échappe à la justice. Il s'en est pris à ma fille et à ma nièce. Si on fait rien, il y aura d'autres victimes. Toi cette nuit, demain une autre. Et pour ta mère, je vendrais la mienne que c'est lui. »

Lorie sent son cœur se mettre à battre plus vite.

« Ma mère ? Vous l'avez connue ?

— Elle m'a soignée. Je l'aimais beaucoup. Ce qui lui est arrivé… c'est horrible. Alors que ce salaud… »

Hook serait le meurtrier de maman ? Lorie éloigne aussitôt cette idée de son esprit. Si Morneau ne l'a pas soupçonné, c'est sûrement qu'il possédait un alibi crédible.

« Vous pouvez pas le tuer !

— Laisse-nous juste finir ce que t'as commencé. »

La vieille Mikona s'approche de Hook, lui soulève le menton, le laisse retomber. L'homme est toujours inconscient.

« Tu l'as assommé un peu fort », s'inquiète-t-elle.

Mikona observe les membres flasques, tachés de boue et de sang. Hook n'a pas idée du rite cruel qu'elles lui réservent. Elle se sent prête. Pour aviver la colère qui guidera sa main, elle n'a qu'à fermer les yeux et laisser s'imposer l'image de ses petites-filles à moitié dévêtues, livrées aux morsures de l'hiver. La voix de Sylvette la ramène au temps présent.

« *Nitcotco, witcihici*[1] ! Va préparer les poissons. Je continue de le surveiller. »

Fouillant la forêt de sa lampe, la vieille prend Lorie par le bras et l'entraîne avec elle un peu plus loin, là où une table pliante a été installée. Aussitôt assise, Mikona

1. Maman, aide-moi !

se met à fileter des truites. Elle manie le couteau avec une habileté fascinante. Lorie se contente de la regarder travailler, alors qu'une odeur nauséabonde assaille ses narines.

Agathe lui a déjà raconté que la zec est située sur un des anciens territoires de chasse des Atikamekw. Ils y viennent encore, se battant pour assouplir des lois qui contraignent leur droit de chasser et de pêcher. Mais la chasse dont il est question ici n'a rien à voir avec le gibier sauvage. Il s'agit de la vie d'un homme. Si elle laisse faire, elle sera accusée de complicité. Elle rage en pensant que tout cela aurait été évité si Sylvain n'était pas revenu pour elle durant la nuit. Elle aurait dû essayer de le raisonner, au lieu de l'attaquer. Sa riposte a peut-être été démesurée ; son cri aurait sans doute suffi à refroidir ses ardeurs. Il était si soûl, il n'aurait pas pu lui faire grand-chose… Le coup de couteau ! Il aurait pu l'atteindre à la gorge ! Il serait mort à l'heure qu'il est. Elle doit absolument avertir Morneau. Comment filer en douce ? On n'y voit pas à un mètre devant soi. Il y aurait bien la lampe de poche de son cellulaire, mais la batterie est morte en fin de soirée ; elle a oublié de le recharger, avec tout ça. Difficile de faire autrement que d'attendre le lever du jour.

« Il a déjà commencé à te ronger, marmonne Mikona d'une voix rauque.

— Pardon ?

— T'es comme ma petite-fille Alyssa, celle qui a survécu. Elle respire encore, mais le mal la gruge par en dedans. Pauvre enfant. C'est pas de sa faute. Elle s'en veut pour sa cousine. Un an après l'agression, en plein mois de janvier, Daisy s'est jetée en bas d'un pont ferroviaire. On a retrouvé son corps pris dans les glaces de la Saint-Maurice. L'embouchure du ruisseau du Démon l'a retenue d'aller se coincer dans le barrage Allard. Les touristes trouvent l'endroit magnifique. Ils savent pas.

— Vos petites-filles se sont fait agresser ?

— Dans le bois en plein hiver, par moins vingt. On les a retrouvées des heures plus tard. Quelques minutes encore et c'en était fini d'elles.

— C'est Sylvain Hook qui a fait ça ? »

Dans les mains tremblantes de la vieille, le couteau à fileter découpe l'air alors qu'elle gesticule.

« Cet homme a profané le nom que lui ont donné ses parents. Si elle avait pas croisé sa route, Daisy serait encore vivante. »

Le grondement des chutes étourdit Lorie. Une quinte de toux la reprend. Elle se penche sur le côté et vomit la barre tendre qu'elle a avalée en vitesse avant de se coucher.

« Excusez-moi », dit-elle en s'essuyant la bouche du revers de la manche.

Les yeux plissés, Mikona examine la jeune femme assise devant elle. Elle a beau avoir poignardé son agresseur, ça ne lui a pas appris la violence. Elle a besoin de se faire expliquer que le gars est un *damn pervert*. Que ce soir, alors qu'il s'apprêtait à forcer son corps, il répétait un geste qu'il avait déjà posé, que la nuit du 20 janvier, il n'était même pas ivre quand il s'en est rendu coupable.

Gonflée de rage, Mikona prend du fil à pêche et l'enroule autour de chaque filet. Sa tâche terminée, elle crie à Sylvette de les rejoindre. Cette dernière accourt puis repart aussitôt avec l'étrange tissage. Après s'être rincé les mains dans le ruisseau, la vieille Amérindienne se prend une cigarette et en offre une à Lorie, qui l'accepte. La vieille plonge dans son récit, la gorge serrée :

« Daisy et Alyssa étaient cousines, mais surtout les meilleures amies du monde. Elles avaient le même âge. Quinze ans, c'est si jeune… Daisy s'entendait pas avec sa mère. Sylvette. Elle boit trop. C'est pas toujours drôle de se retrouver dans l'orage de ses colères. J'avais pris la petite chez nous. Le soir, on jouait au gin rummy. La police m'a demandé si Daisy était suicidaire. Du tout ! Des rêves l'habitaient. Elle s'était inscrite à un cours qui se donne à La Tuque pour devenir préposée aux bénéficiaires. Elle attendait d'avoir seize ans. Elle les aura jamais eus.

— Vous êtes allées à la police ? » lui demande Lorie, le cœur toujours dans la flotte.

À ces mots, un rictus douloureux creuse le visage de Mikona.

« C'est eux qui nous ont contactées. Un coup de téléphone pour nous avertir qu'ils avaient retrouvé les filles près du Club Odanak. Vers cinq heures du matin, un couple de motoneigistes en route vers Parent avait appelé les secours. »

*

« C'est pas nous, *mom* ! C'est le chauffeur de taxi. On lui a dit de nous reconduire à Wemotaci ! On voulait pas... Il nous a jetées dehors. »

Sylvette éructe :

« Qu'est-ce qu'elles font au poste ? C'est à l'hôpital qu'il fallait les amener ! »

Elle arrache la couverture de laine grise qui recouvre le dos des filles et la jette à la face de l'officier.

« C'est avec ça que vous pensez les soigner ? »

Deux gros hommes la forcent à sortir. Daisy pleure. En la voyant, Alyssa se met à pleurer à son tour. Mikona les serre toutes deux contre elle.

L'enquêteur qui a été tiré du lit arrive finalement. Il n'est pas de bonne humeur. Les deux femmes l'accompagnent dans son bureau pour faire une déposition, accompagnées des jeunes filles. C'est Alyssa qui parle d'abord, pendant que sa cousine garde la tête cachée dans ses mains :

« On voulait rentrer à la réserve.

— En taxi ? C'est pas donné.

— On avait l'argent…, dit-elle en sortant un billet de cent dollars de son portefeuille.

— C'est à toi, ce cash-là ?

— Oui.

— Tu travailles ?

— Oui. À la maison des jeunes.

— Bon. Alors, jeune fille, tu vas m'expliquer ce que vous faisiez à La Tuque, à trois heures du matin.

— On était allées fêter au Brass-7.

— Un mercredi soir ?

— C'est la fête à Daisy.

— Vous étiez juste vous deux ?

— Non, avec un ami.

— Y a un nom, votre ami ?

— Euh… Joe.

— Joe comment ?

— Joe Boivin. On était censés aller dormir chez sa tante, mais c'était pu possible.

— Pourquoi ?

— En fait, quand on est arrivées à la brasserie, Joe est parti. Il a dit qu'il allait revenir avec des chums. On les a attendus toute la soirée. Quand le bar a fermé, on a voulu rentrer chez nous.

— C'était la première fois que vous faisiez La Tuque-Wemotaci en taxi ?

— Oui.

— Le chauffeur, vous le connaissiez ?

— Non.

— Vous l'aviez jamais vu ?

— Non. Mais j'ai pris son numéro pis son nom.

— Et il a accepté d'aller vous reconduire à la réserve en pleine nuit ! lance le policier.

— Oui, il nous a dit que ça lui arrivait souvent, à la fermeture des bars.

— OK. Continue.

— Un peu passé la centrale électrique, à environ une demi-heure de La Tuque, il a pris un chemin de traverse. J'ai entendu les portes se barrer. On lui criait de revirer de bord, mais il a continué un bon bout. Finalement il s'est arrêté et il a sorti un couteau pour obliger Daisy à venir sur le siège d'en avant. Il m'a bien avertie que si je bougeais, il lui percerait la joue, c'est ça qu'il a dit. Il a détaché son pantalon, il a pris Daisy par la nuque et il l'a obligée à le sucer. Après, il s'est fâché tout d'un coup. Il gueulait que c'était de notre faute, qu'on l'avait cherché. Il nous a poussées dehors.

— Il y a une affaire qui marche pas dans votre histoire. Toutes les deux, on vous a retrouvées sans manteau. Ça me donne l'impression que vous aviez commencé à vous déshabiller. Pourquoi ?

— Il avait monté le chauffage dans le tapis ! On crevait !

— Tu m'as dit que c'était pas dans vos plans de prendre un taxi. Quand on trouve ça trop cher, des fois y a moyen de faire une passe en échange.

— Hey, ça va faire, les insinuations ! intervient Sylvette, le regard noir. Il les a menacées avec un couteau. C'est pas… des voies de fait, ça ? C'est pas criminel ?

— C'est juste des allégations. Si je peux vous donner un conseil, retournez chez vous et oubliez tout ça. Avec le peu de preuves que vous avez, ça va être difficile de convaincre un juge. Ce serait votre version contre celle du gars. Les filles étaient soûles, et en plus elles ont eu tout le temps de s'entendre sur une histoire.

— C'est pas une histoire ! objecte Daisy.

— Pis le chauffeur, lui ? relance Mikona.

— Je vais faire un suivi avec la compagnie, interroger le boss.

— Elles sont mineures. C'est grave, ce qu'il a fait ! insiste-t-elle.

— Hum… Des mineures qui fréquentent des bars avec des fausses cartes. Je vais passer l'éponge pour cette fois-ci.

— On veut porter plainte, lance Daisy.

— Vous allez perdre votre temps, je vous dis. Et vous allez vous ruiner en frais d'avocat. »

*

Lorie a écouté le récit sans oser interrompre la vieille dame. Les absurdités entendues la mettent hors d'elle.

« Ils ont pas pris la plainte ?

— On avait pas d'argent pour se payer un avocat. L'enquêteur avait promis de nous donner des nouvelles. Sylvette a téléphoné plusieurs fois. Le numéro du taxi correspondait à celui de Sylvain Hook. Questionné, le boss de la compagnie aurait prétendu qu'il refusait de prendre les *lifts* vers Wemotaci. Les chemins étaient trop mauvais, surtout en hiver. Et c'était pas assez payant. Le plus probable selon lui, c'est que les filles se sont fait embarquer par un gars rencontré au bar et qui les aurait plantées là.

— Il y a pas eu d'accusation, rien ? » s'insurge Lorie.

De la tête, Mikona fait signe que non. Puis elle balaie l'espace pour signifier que le vent a déjà effacé toute voie que la justice aurait pu offrir.

« À leurs yeux, les filles étaient des menteuses. Y a juste nous qui les avons crues. »

Lorie baisse la tête, réfléchit à toute vitesse. Pourquoi ces femmes mentiraient-elles ? Daisy s'est enlevé la vie, déçue d'un monde où ce sont les victimes qui finissent par payer pour leur infortune. Si Hook est tel que Mikona le décrit, alors il est peut-être capable de faire pire. D'aller jusqu'au meurtre… Le chauffeur de taxi aurait-il échappé aux mains de la police une autre fois ?

« Je veux lui parler, lâche-t-elle. Il faut que je lui parle. »

D'un pas ferme, ignorant sa fatigue, son étourdissement et la blessure à sa cheville, Lorie retourne près du ruisseau où Sylvain Hook est détenu. Elle n'a qu'une idée en tête, lui faire avouer son crime. Mille questions affluent : *Pourquoi tu l'as tuée ? Parce qu'elle avait pas envie de toi ? Parce qu'elle allait te dénoncer ? Tu t'en étais sauvé avec les adolescentes, mais elle, t'avais peur qu'on la croie, c'est ça ?*

Le souffle court, Lorie arrive près de l'arbre où gît le chauffeur, inerte.

« Je lui ai pas fait mal, la rassure Sylvette en la voyant plisser le front. C'est la nature qui s'en chargera. »

Lorie examine la victime de plus près, malgré la répulsion que lui inspire son visage défiguré. Les filets préparés plus tôt par Mikona lui entourent la taille, les bras et les jambes à la manière d'un étrange costume.

« Vous l'avez appâté, articule-t-elle péniblement.

— On peut dire ça comme ça.

— Il bouge plus !

— Il avait soif, je lui ai donné à boire. Du GHB, une autre affaire que les voyous de son espèce aiment nous faire avaler.

— On peut pas le laisser comme ça, il va se faire dévorer par le gros ours qui rôde.

— C'est une femelle. C'est à elle de décider de son sort. Elle va venir cette nuit: elle doit avoir encore faim. Ses grognements vont le réveiller. Je veux qu'il crève de terreur en voyant la bête se pencher au-dessus de lui. Qu'il éprouve dans sa chair ce que c'est que d'être transpercé par la peur. Après, je pourrai dormir tranquille. »

Lorie peine à prendre la mesure du film d'horreur dans lequel elle est forcée de jouer un rôle. Affolée, elle se tourne vers Mikona qui, tel un spectre, vient de surgir, un pot en verre à la main. Comme elle le ferait pour glacer un gâteau, la vieille femme enduit le torse poilu et le sexe de l'homme d'une matière collante. Une odeur sucrée se répand. De la mélasse! Lorie sait que les ours en raffolent. Sylvette lui glisse à l'oreille:

« C'est pour le dessert. »

Un nouveau haut-le-cœur étreint Lorie. Un homme va mourir sous ses yeux. Malgré tout le mépris qu'elle lui porte, elle ne ressent pas la pulsion de vengeance qui dévore les deux femmes. Ce qu'elle aurait souhaité, c'est questionner Hook, savoir ce qui s'est réellement passé à pareille date il y a un an. Le moindre détail lui importe. Une façon de combler le gouffre dans lequel elle coule depuis la mort de sa mère. Puis le remettre à la justice. Cela lui aurait suffi. Mais tout cela est impossible désormais. Une spirale cauchemardesque a déjà tracé la suite des choses. Il n'y a plus rien qu'elle puisse faire. À moins que…

Elle inspire profondément pour rassembler son courage.

« J'ai mal au cœur…, murmure-t-elle.

— OK. T'as pas besoin de voir ça, concède Sylvette. Va t'étendre dans l'auto. On ira te retrouver une fois qu'on en aura fini avec lui. »

S'éclairant de la lampe de poche que lui a prêtée Mikona, Lorie marche d'un pas rapide pour rejoindre le RAV4 de Hook, espérant trouver ce qu'elle cherche. Aussitôt arrivée, elle se jette par terre et passe les doigts sous le pare-chocs.

L'ourse a atteint l'orée de la clairière où le fumet ranci l'a menée. À quelques enjambées d'où elle est tapie gît un corps d'homme enveloppé de poissons. Son museau s'humecte. Les deux femmes qui la pourvoient depuis quelques jours lui ont réservé un festin. Serait-ce un traquenard ? L'attirent-elles avant de mieux l'abattre ? Elle doit se méfier. À pas prudents, elle s'approche. Il suffit de faire vite. Ne pas cesser de bouger. En décrivant de grands cercles, l'ursidé rejoint sa proie. De longs filets de bave mouillent son pelage.

L'odeur de poisson camoufle bien celle de l'homme, quoiqu'il ne semble pas faisandé. La viande fraîche répugne à la bête. Plus facile de mordre quand les nerfs ont pourri. Pour l'instant, les guirlandes de filets feront l'affaire… et la mélasse. Elle ouvre grand la gueule pour laper la longue coulée qui descend le long de la poitrine. Au contact de la langue rugueuse, les pectoraux tressautent, comme atteints par une décharge électrique. Un cri étouffé s'échappe du tissu qui bâillonne l'homme. L'œil fou roule dans son orbite. Il est vivant ! Sans attendre, l'ourse l'attaque au visage. Déchiquetée, sa joue pendouille. Le corps entier se tord de douleur. On dirait une couleuvre. Une série de coups de griffes s'abat en rafale pour arracher les colliers de truite. Le sang gicle de partout. Malgré la hâte de le dévorer, l'ourse emporte son butin légèrement à l'écart. Après s'être pourléché les babines, la bête retourne vers l'appât. L'épais sirop qui dégouline entre les jambes écartelées aiguise son appétit. Elle n'hésite pas avant de croquer à pleines dents dans la chair sucrée.

Puis la bête regagne la forêt, repue.

Lorie roule aussi vite qu'elle le peut dans le chemin de terre défoncé. Après des minutes interminables, elle a trouvé la clé de secours que Hook avait finalement laissée dans la boîte à gants. Pourvu que le bruit de la chute d'eau ait couvert celui de sa fuite ! Elle doit se hâter avant que les deux femmes reviennent à leur Jeep et constatent la disparition de l'autre véhicule. Dès qu'elle gagne la route asphaltée, Lorie enfonce l'accélérateur. Par chance, le lac Clair n'est qu'à une vingtaine de kilomètres.

Sur le chemin qui mène au club privé, le chalet de Morneau se dresse devant elle, repérable à l'unique lampadaire allumé. Elle claque la portière, court à cloche-pied vers l'entrée, tambourine sur la porte.

Le policier gueule un « J'arrive ! » avant de se présenter devant elle, torse nu, l'air ahuri.

« Lorie ! Qu'est-ce qui se passe ? T'es blanche comme un drap.

— Venez, vite ! Sylvain Hook, le chauffeur de taxi, il est en danger ! le presse-t-elle, à bout de souffle.

— Hein ?! Il est où ? » demande-t-il en s'ébrouant, regardant dans tous les sens autour de lui.

La jeune femme lui résume ce qu'elle sait du kidnapping en quelques phrases décousues. Sans trop savoir pourquoi, elle omet de mentionner l'agression dans sa tente. Au fil du récit, le visage de Morneau se durcit. Ses pensées semblent défiler à cent à l'heure. Lorsqu'elle se tait, il enfile un chandail et prépare sa carabine. Le voyant faire, Lorie s'inquiète.

« Est-ce qu'on devrait pas appeler la police ? Et une ambulance ? »

Comme pris en faute, l'enquêteur bafouille :

« Oui, oui. J'allais le faire.

— Faut que je…, fait-elle en montrant ses mains crasseuses et une fine plaie au front. Je peux utiliser votre salle de bains ?

— Au fond, à droite. »

Pendant que Morneau se jette sur le téléphone, Lorie pénètre dans la salle de bains. N'osant emprunter l'une des serviettes accrochées au mur, elle se frotte le visage avec les mains. Elle se rince aussi la bouche sous le robinet pour dissiper le goût persistant de vomissures. Appuyée contre l'évier, elle inspire à fond, soulagée de ne plus être seule. L'aide est en route, le cauchemar sera bientôt terminé. Comme elle s'apprête à quitter la pièce, son regard s'arrête sur un coin du comptoir de mélamine. Dans un verre de plastique, parmi trois brosses à dents s'en trouve une plus petite, orange fluo, avec un manche en forme de girafe.

Guidée par son intuition, elle s'aventure de l'autre côté du couloir. De la chambre s'échappe une lueur dorée. Lorie pousse la porte entrouverte. Dans un lit de camp, un jeune enfant dort à poings fermés, enroulé dans un sac de couchage bleu qu'elle reconnaît immédiatement. C'est celui de sa mère !

De la cuisine, Morneau l'appelle. Lorie déglutit. L'enquêteur ne doit surtout pas se douter de ce qu'elle vient de découvrir. Dissimulant au mieux son trouble, elle va vers lui.

« Je ne me sens pas très bien, commence-t-elle par dire. Je peux vous expliquer le chemin et vous attendre ici ? Me semble que ce serait plus prudent.

— J'ai besoin que tu me mènes à Sylvain. Dépêche, avant qu'il soit trop tard.

— Mais les policiers, ils sauront pas où nous trouver. Ce serait pas mieux que je les attende ? »

L'homme secoue la tête.

« J'ai… J'ai pas réussi à avoir le réseau. On va essayer d'amener Hook à l'hôpital nous-mêmes, c'est ça qui presse. Allez, donne-moi les clés ! »

Telle une automate, Lorie suit Morneau jusqu'au RAV4. Alors qu'ils filent dans la nuit sans lune, elle offre des réponses brèves aux questions de Morneau, se contentant de pointer du doigt la direction à prendre à chaque intersection. Il reste si peu de temps pour trouver une échappatoire ! D'abord, mettre en ordre les idées qui s'emmêlent dans sa tête.

Ce qui est quasi certain, c'est que l'enfant entrevu dans la chambre est le fils de Hook: Sylvain a dit qu'ils prenaient des vacances dans le chalet d'un ami sur le lac. L'enquêteur connaît donc le chauffeur de taxi, l'héberge chez lui ou dans un des chalets voisins. Rien de louche jusque-là, si ce n'est le fait que Hook l'a agressée et que… Le sac de couchage… Qu'est-ce qu'il fait là ? Au moment de lui remettre les effets personnels d'Agathe, Morneau lui a expliqué que cet objet n'avait pas été retrouvé, qu'il avait probablement été conservé comme trophée par le meurtrier.

Lorie serre les lèvres. Le sang pulse dans ses veines. Ils arrivent tout près de l'endroit où est stationné le Wrangler noir.

« C'est ici. Il faut juste marcher un peu. »

L'enquêteur descend, carabine en main. Il fait quelques pas, hésite devant la forêt dense qui se dresse devant lui. Lorie simule un malaise.

« Donnez-moi une minute: il faut que… »

Éclairée de la torche électrique qu'elle a gardée avec elle, elle s'éclipse derrière un buisson. Alors que Morneau patiente en inspectant le Jeep des deux femmes, elle prend ses jambes à son cou et file vers la clairière. Réalisant qu'il a été dupé, l'enquêteur la poursuit.

La fuyarde a l'avantage d'être jeune, mais sa cheville blessée la ralentit. Lorsqu'elle atteint le repaire, elle s'accroupit pour reprendre son souffle. Elle a à peine le temps de jeter un œil au corps en lambeaux que, soudain, une main lui attrape le coude et l'attire plus à l'écart. Elle suit le mouvement en claudiquant.

Dissimulées derrière des buissons, les trois femmes observent l'enquêteur s'approcher de Sylvain Hook. Il se jette à ses pieds, hurle son nom, tente de le réanimer.

« Sylvain ! C'est moi, Gilles. Réponds-moi, bâtard ! »

Malgré ses tentatives pour réveiller la victime, celle-ci demeure inerte. Morneau se relève, jette un regard aux alentours, éperdu. Puis, reprenant ses esprits, il s'agenouille à nouveau pour détacher son ami, le cœur révulsé par la plaie béante au niveau de son sexe. Le dégoût le fait frissonner, ses gestes sont imprécis, la corde lui résiste.

« Je vais te sortir d'ici ! Reste avec moi. Pense à ton p'tit. Il t'attend au chalet. »

De sa cache, Lorie, tétanisée, ne rate rien de la scène.

« Qu'est-ce qu'on fait ? chuchote-t-elle.

— Rien. Le gars est fini, marmonne Mikona.

— Il est mort ? »

Morneau a posé sa lampe de poche par terre. Alors qu'il tente toujours de libérer le prisonnier de ses liens, Mikona se hisse au-dessus des branches et fixe le visage faiblement éclairé de l'ex-enquêteur. Lorsque celui-ci tourne la tête dans sa direction, ses doutes se sont confirmés. Réfrénant la rage qui l'enivre, elle articule entre ses dents :

« C'est lui. »

Incrédule, Sylvette scrute les traits de l'homme à son tour. Puis, sans hésiter, elle enfonce la carabine contre son épaule, vise et tire.

La balle va se loger dans la cuisse gauche de Morneau, qui lâche tout et roule sur le côté en poussant un cri qui déchire la nuit. Sylvette sort de sa cachette et s'avance vers le policier sans cesser de le tenir en joue. Dépassée par les événements, Lorie n'ose pas intervenir.

« T'aurais pas dû aller le chercher, la gronde Mikona. On est pris avec lui, maintenant.

— Je voulais pas… Je…

— Trop tard. Il nous a reconnues.

— C'est lui qui a refusé de recevoir votre plainte ? » tente Lorie.

La vieille acquiesce. Lorie devine sans peine le sort qui attend l'inspecteur si elle laisse les deux femmes s'en occuper. Mais il ne doit pas mourir, pas tout de suite. Il a des explications à fournir. Elle convainc Mikona de lui accorder un peu de temps, de lui apporter de la corde. Elle s'applique aussitôt à faire un garrot au blessé. Ses mains tremblent et elle doit s'y reprendre à plusieurs fois. Morneau, que la douleur rend fou, proteste et s'agite en vain, gémissant.

« Ça lui apprendra à sauver les fesses à son ami. Cette pourriture ! » crache Sylvette en désignant la carcasse ensanglantée du chauffeur de taxi.

Mikona retourne vers sa fille, qui n'a pas lâché la carabine et se tient devant Morneau immobile, les traits durs. D'autres paroles sont échangées à voix basse, puis Sylvette lance à Lorie :

« Si tu as des questions pour lui, c'est maintenant. Nous, on sait ce qu'il vaut. On va t'attendre à la voiture. Fais ça vite. »

Sylvette baisse soudainement son arme et fait demi-tour. Lorie regarde les femmes s'éloigner. Dès qu'elles sont hors de vue, Morneau se met à geindre :

« Lorie, viens m'aider ! Sors-moi de là ! Qu'est-ce qui t'a pris de te sauver ? »

Sans dire un mot, elle vient se placer devant lui, plantant ses deux pieds solidement dans le sol.

« Grouille-toi ! » gueule-t-il en se tortillant.

Son pantalon s'imbibe d'un sang presque noir.

« Pas avant que vous m'expliquiez ce que vous savez à propos de Sylvain Hook. C'est votre chum, c'est ça ?

— Bâtard, certain que c'est mon chum ! »

Il tourne la tête vers son ami comme pour confirmer ses dires ; à la vue du corps déchiqueté, de l'entrejambe d'où le sang gicle, il est pris de spasmes et détourne le regard.

« Ben votre chum, il m'a agressée dans ma tente y a pas six heures. »

La surprise, l'incrédulité, la panique apparaissent tour à tour sur le visage du policier.

« Lorie, écoute-moi. Écoute. Fais-moi confiance. Je pouvais pas le savoir, je me doutais pas de ça.

— Ah oui ? Et les adolescentes qu'il a abandonnées en plein hiver après les avoir agressées, ça vous dit rien ?

— Quoi ? Quelles adolescentes ? Je… Je perds du sang ! Aide-moi à me relever !

— Faites pas semblant.

— Oui, oui, OK, c'est vrai. Mais Lorie…

— Vous avez noyé l'affaire, comme vous avez laissé le dossier de la mort de maman s'embourber. Mais là je comprends bien pourquoi : son sac de couchage. Qu'est-ce qu'il fait chez vous ? »

Comme il ne répond pas, Lorie, emportée par la colère, assène un coup de pied à l'enquêteur. Ce dernier se crispe sous l'impact. Bientôt, la jeune fille se recroqueville et se met à sangloter. À travers ses hoquets lui parvient la confession de Morneau.

« Moi aussi, j'étais mort de peine quand Agathe a été retrouvée. Bien plus que tu penses. »

Lorie relève la tête ; ses lèvres sont serrées, ses narines, dilatées. Sa voix se fait tranchante :

« C'est vous que l'Américain a vu ! Le gars en quatre-roues qui riait avec elle, c'était vous !

— Non ! C'est pas moi ! C'est le lendemain que je suis allé à son camp… J'avais pris un doré de trois livres, balbutie Morneau, confondu. Beaucoup trop gros pour moi. J'ai pensé qu'un peu de compagnie lui ferait du bien, comme t'étais pas là. Je l'ai invitée à souper. Je suis revenu la chercher plus tard. Elle arrêtait pas de parler de toi. “Lorie” par ici, “Lorie” par là… »

Essaie pas de m'émouvoir, pense Lorie.

« Vous couchiez ensemble ? »

Sourd à sa question, Morneau la supplie :

« Amène-moi à l'hôpital, j't'en train de crever !

— Vous couchiez ensemble, oui ou non ? »

Morneau, visiblement affaibli, n'émet plus qu'un râle pitoyable. Lorie sent qu'elle le perd, que le temps presse de lui faire cracher la vérité. La poitrine du policier se soulève péniblement, à un rythme irrégulier. Puis il lève les yeux vers elle. Son regard est mouillé, lointain.

« Oui. Avant.

— Quand ?

— Pas longtemps. Ma femme avait un cancer. Agathe était pas à l'aise de lui mentir. Elle la croisait à l'hôpital…

— Et ta femme ?

— Quoi ? Elle est vivante. Elle sait rien. Ça l'achèverait. »

Morneau se tord de douleur, roule des yeux vitreux ; Lorie sent qu'elle n'en tirera pas grand-chose de plus.

« Elles vont me tuer ! Détache-moi ! » la supplie-t-il.

Sa voix, lointaine, entrecoupée de pleurs, n'est plus qu'un filet ténu. Le cou tordu, il s'empêche de regarder le corps de Sylvain Hook, à sa gauche.

Lorie s'est relevée, imperturbable à ses lamentations. Les mains sur les hanches, elle lui lance :

« Et ma mère, elle, quand on l'a tuée, t'étais où ? Les culottes baissées au-dessus d'elle avec un couteau ?

— Voyons ! j'aurais jamais… J'ai rien à voir avec ça, il faut que tu me croies.

— T'es le dernier à l'avoir vue.

— Non, c'est pas moi.

— Qui, alors ?

— J'étais trop soûl pour la reconduire. Je l'ai invitée à dormir, mais elle voulait retourner à son campement. Si elle m'avait écouté…

— Qui est allé la reconduire ? »

La pause qui suit est insoutenable.

« Sylvain. Il était en vacances dans un de mes camps.

— C'est lui qui…

— Non ! crie Morneau, se cabrant pour éviter une attaque de Lorie qui s'avance d'un pas, le torse en avant, comme pour le frapper encore une fois. Sylvain, il manque de manières, mais c'est un bon gars. Il a pas touché à un cheveu de ta mère. C'était pas son genre…

— Pas son genre ?! Elle était trop vieille pour lui, quoi ?

— Il est revenu au bout de trente minutes chercher son garçon que j'avais pris chez nous pendant qu'il était parti. Ça peut pas être lui. »

Lorie est prise d'un étourdissement.

Dans sa tête, les morceaux du casse-tête s'emboîtent. La bouche sèche, elle parvient à articuler :

« Comme ce soir. »

Morneau baisse la tête vers le sol. Lorie peine à dire si c'est un aveu de culpabilité ou seulement une faiblesse. Malgré le garrot de fortune, la jambe de l'ex-policier saigne toujours abondamment.

« Pourquoi son gars dort chez vous ce soir ?

— Il m'a demandé de le garder pour pouvoir sortir en ville.

— Il a menti. Ce soir, c'est pas à La Tuque qu'il est allé veiller, c'est dans ma tente. Il m'a agressée comme il a fait l'été dernier. Qu'est-ce que le sac de couchage de ma mère fait dans votre chalet ? Vous m'aviez dit qu'il avait disparu. C'est Sylvain Hook qui l'a ramené ? C'est lui qui a fait le coup et vous, vous l'avez couvert. Coupables, tous les deux, tranche-t-elle.

— Lorie…, supplie-t-il. J'ai trouvé le sac de couchage près du marais où… J'aurais dû le redonner…

— Pis tu penses que je vais avaler ça ! »

Le prisonnier, d'une voix à peine audible, lâche :

« Je l'aimais, ta mère. J'ai juste voulu garder un souvenir. »

Un trophée, oui, corrige Lorie en pensée.

Son histoire est trop tordue. Tout concourt à le désigner comme coupable. Et puis, il n'y a plus rien à faire ; il s'est tu maintenant, sa poitrine se soulève à peine à chaque inspiration. *Crève donc!* Il emportera le secret de son crime. De leurs crimes. Lorie hâte le pas vers l'entrée du sentier où l'attendent Sylvette et Mikona. Que cette tragédie se termine sans elle. Surtout ne pas faire partie de la dernière scène.

*

L'aube déploie sa fine lumière dans le sous-bois. Assise dans la rosée, Lorie fixe le ciel, les yeux plissés. C'est magnifique d'entendre la vie s'éveiller dans le battement d'ailes des insectes, le chant de la grive. Comment ont-elles pu souiller toute cette beauté ? Sylvette se presse à sa rencontre.

« Le jour se lève, il faut se dépêcher. Ma mère s'occupe de nettoyer derrière. Allez, conduis le RAV4 et suis-moi.

— Et les corps…

— Je reviendrai les chercher quand ma mère aura fini. Inquiète-toi pas, j'irai te reconduire à ton campement avant. »

Voilà ce qu'il reste à faire. Le ménage. Avant de partir, Sylvette discute à voix basse avec sa mère du sort des cadavres. Lorie n'a plus la force de poser des questions. Elle s'installe derrière le volant et attend que son guide démarre. À cette heure matinale, elles roulent sur la RO-450 sans croiser qui que ce soit. Au détour d'une longue courbe, lorsque l'imposant barrage de la centrale de Rapide-Blanc se dresse devant elles, l'évidence s'impose. Quelque part près d'ici, où depuis cent ans l'eau dévore tout, elles s'apprêtent à noyer la voiture de Sylvain Hook.

Cinq jours plus tard

Les rigoles de pluie tracent des arabesques sur la fenêtre du train qui traverse la forêt d'épinettes. Le compartiment que Mikona Awashish occupe est bondé d'Autochtones qui retournent à Wemotaci. Aux sacs remplis que ses voisins retiennent entre leurs jambes, on devine qu'ils ont profité de leur passage en ville pour s'adonner au magasinage. D'autres sont sans doute allés festoyer au bar La Voûte pour sa soirée *ladies night*. C'est là qu'on a retrouvé Sylvette Ottawa, avachie sur le plancher dans les toilettes, quasi comateuse, samedi dernier. Après un très court séjour à l'hôpital de La Tuque et à force de supplications de sa nièce et de sa mère, elle a finalement accepté de retourner au Centre de réadaptation Wapan, sur le site du parc des Chutes. *Wapan* signifie « aube », le commencement d'un jour nouveau.

Mikona se cale dans sa banquette, plisse les yeux pour prier. Que cette troisième tentative soit la bonne. Après tous les drames qu'elle a vécus, sa famille mérite la paix.

Le sifflet du train annonce la prochaine gare, Duplessis. Des passagers défient la consigne et se lèvent avant l'arrêt complet du train. Au freinage un peu trop brusque, son voisin de banc chancelle et lui accroche le bras, se confond en excuses. Une rumeur monte soudain dans le wagon. Tous les yeux sont tournés vers les fenêtres orientées vers la baie Coucoucache. La scène semble tout droit sortie d'un film d'action : un hydravion est posé sur l'eau, alors qu'un zodiac aux couleurs de la Sûreté du Québec file à vive allure dans sa direction. À son bord, des ambulanciers maintiennent un brancard en équilibre précaire. Chacun y va de sa théorie. « C'est un noyé. La bâche recouvre le corps. » « Des touristes imprudents, ce seraient pas les premiers. » « Cette idée, aussi, de venir camper dans le coin. Ils se rendent pas compte que c'est dangereux. »

Les passagers descendent. D'autres montent à bord avec des nouvelles fraîches. « Une Française, il paraît. » C'est ce qu'entend Mikona.

Elle déploie son foulard et s'en recouvre la tête pour créer la nuit. Le malheur des autres ne l'atteint plus. Celui de ses proches la remplit. Elle est si vieille, et il y a tant à reconstruire. Il lui faudrait une nouvelle vie pour réparer celle-ci. Faire d'autres choix, peut-être. Seraient-ils meilleurs ? Celui de tuer Hook, elle ne le regrette pas, ni l'enquêteur Morneau d'ailleurs, mais la paix qu'elle souhaitait après cette vengeance ne semble pas vouloir venir.

L'autre nuit, elles ont réussi à traîner les dépouilles à travers la forêt et à les hisser dans le Jeep. À l'heure qu'il est, les truites au pied de la centrale de Rapide-Blanc se disputent les restes. Pour ce barrage, les Blancs ont choisi une construction massive, indestructible, capable de broyer des troncs d'arbre qui se glisseraient par mégarde dans les turbines. Or, en solidité, le corps d'un homme ne vaut pas celui d'un arbre. De la vulgaire pâte, voilà ce que sont devenus les deux criminels qui ont réduit sa famille en pièces. Les poissons sont les seuls gagnants dans cette histoire.

Mikona revoit l'enquêteur rondouillard se présenter l'hiver dernier à son bungalow après avoir roulé de La Tuque à Wemotaci. Deux heures de route glacée pour venir la menacer jusque chez elle.

« J'ai deux mots à dire à ta folle de fille. On m'a dit qu'elle est revenue habiter chez toi. Elle est là ?

— Elle dort.

— Va la réveiller !

— Elle a pris des médicaments. Je lui ferai le message. »

L'enquêteur ne semble pas avoir de temps à perdre.

« Si elle se pointe une autre fois à La Tuque, je la fais arrêter.

— Vous l'accusez de quoi ? D'être morte de peine parce que sa petite vient de se suicider ? Et à cause de vous en plus !

— Vous pouvez pas accuser quelqu'un comme ça. Il faut une enquête. Et pour ouvrir une enquête, il faut déposer une plainte.

— On a fait une déposition au poste, quand vous avez retrouvé les filles.

— Ça me surprendrait, parce qu'on a aucun dossier. »

L'homme lui ment en pleine figure, elle le sait, il le sait.

« Quand on a voulu déposer notre plainte, vous nous avez expliqué qu'il nous fallait un avocat. Faute d'argent, on a été obligées de laisser tomber.

— Un avocat ? Je vous ai jamais dit ça. On a dû mal se comprendre. »

Au même moment, Sylvette sort de la chambre, les cheveux en bataille, l'air mauvais.

« Si t'en veux une, de plainte, j'en dépose une aujourd'hui, grommelle-t-elle.

— C'est plus le temps, là. Il reste juste une victime alléguée, sans témoin. Après tout ce retard à réagir, tout le monde mettra sa mémoire en doute.

— On s'en sacre. On veut qu'il paye, le pourri ! »

L'enquêteur s'approche de Sylvette jusqu'à presque toucher son nez.

« Le pourri, comme tu dis, c'est le père d'un jeune garçon. Les rumeurs que tu répands en ville sur son compte sont en train de détruire son ménage. Il paraît que t'es allée chez lui ?

— Sa femme a le droit de savoir à qui elle a affaire.

— Je pourrais t'arrêter pour ça. Et je vais le faire si tu t'approches une autre fois de sa famille.

— Et ma famille à moi ? Qu'est-ce qu'il en reste ?

— Je comprends votre tristesse. On peut trouver un arrangement, tu sais. »

Il sort de sa poche intérieure une enveloppe.

« Si ça peut vous aider… »

À la vue des billets de cent, Sylvette se réveille tout à fait, outrée. Dans sa fureur, elle le griffe à la joue droite. Le policier a un mouvement de recul et trouve une goutte de sang au bout de son doigt lorsqu'il touche sa joue. Avant de lui fermer la porte au nez, Mikona lui lance une promesse :

« C'est la première goutte de la coulée qui videra tes veines. »

Et elle ne manque jamais à sa parole.

Le train arrive à Wemotaci. La pluie a cessé. Par la vitre embuée, Mikona aperçoit Alyssa venue la chercher avec son quatre-roues. Elle a fière allure avec ses cheveux courts et son corps élancé. Les traces d'engelures lui font un visage unique. Celui d'une survivante.

La grand-mère prend son sac, se taille une place dans la file des passagers pressés d'arriver. On ne se prélasse pas dans un champ où les ronces nous piquent les jambes. S'arracher les pieds du passé, cultiver ce qui promet de fleurir. Sa précieuse petite-fille, elle l'a trop négligée ces derniers temps, se dit-elle en s'accrochant à son bras pour descendre du train.

Loric fixe ses articles scolaires amoncelés sur la petite table près de l'entrée. Sa session d'automne au cégep débute demain. Elle doit contacter Paula, qui voyage normalement avec elle. Sa gorge s'étrangle. Elle envoie valser ses affaires. Affaiblie comme elle est, sortir de chez elle lui paraît insurmontable. Manger. Elle doit avaler quelque chose. Dans la cuisine, comme elle met à réchauffer un reste de soupe au micro-ondes, son cellulaire sonne : Marie-Lou, qui s'inquiète sans doute de son silence. Elle ne répond pas. Comment parler librement à ses amies après tout ce qui lui est arrivé ?

Ça la ronge d'avoir cette tache sur la conscience. Va-t-elle se répandre, contaminer son âme jusqu'à l'engloutir ? Elle voudrait se laver de ce qu'elle est devenue : complice de deux meurtres, vengeresse d'un terrible crime, oui, mais meurtrière tout de même. Au moins, les Atikamekw ont essuyé toutes traces de leur funeste cérémonie dans les bois, et les intempéries ont dû se charger du reste : il a plu sans discontinuer ces derniers jours. Si tout s'est passé comme Sylvette l'a estimé en la reconduisant à son site de camping, à l'heure qu'il est, les deux cadavres ont disparu pour toujours au fond de l'eau.

Chacune est retournée à sa vie. Le jeune enquêteur en poste, Éric Leblond, ne semble détenir aucune piste, du moins jusqu'à maintenant.

Au comptoir d'accueil de la zec où il avait été dépêché, il s'est tenu là, carnet en main, à griffonner quelques notes. Les premières réponses étaient faciles à donner. Elle connaissait Morneau et Hook, comme ça. Elle les avait entrevus l'un et l'autre la veille, ce qui en soi s'expliquait, le premier étant venu la saluer comme à son habitude, le second, lui porter sa pochette oubliée dans la voiture. La nuit de leur disparition, elle dormait dans sa tente.

« Et vous n'avez vu personne rôder dans les alentours ?

— Non. »

Premier mensonge ; son cœur battait la chamade.

« En soirée, vous avez recroisé un des deux hommes ?

— Non. »

Deuxième mensonge, plus lourd que le premier.

« Et cette blessure à la jambe, vous vous êtes fait ça comment ?

— Pendant mon trek au lac Georges.

— Vous vous êtes rendue jusqu'à la décharge du lac à pied ? C'est une longue trotte pour un aller-retour dans la même journée.

— En effet. Surtout quand tu croises un ours au retour. »

Vérité qui sonnait comme un mensonge. Le policier a froncé les sourcils, s'est tourné vers Thérèse, qui était là, elle aussi, accoudée à son bureau.

« C'est vous qui êtes allée la chercher ?

— Oui. Quand le petit Thomas nous a téléphoné ce matin, j'ai bien pensé que quelque chose de grave était arrivé. La voiture de Sylvain était pas au chalet, mais celle de Morneau oui, sauf que lui était introuvable. Ni Sylvain ni Gilles n'auraient laissé l'enfant tout seul. J'ai pris Thomas dans mon camion et on a fait le tour des sites occupés.

— Il va me falloir la liste.

— Bien sûr. Il y en a juste cinq en ce moment. La plupart sont au lac Minomaquam, une fête de famille. L'autre, c'est le 28, au lac à Matte. Quand je me suis pointée, Lorie avait déjà démonté sa tente, fait ses bagages. Elle m'a dit qu'elle attendait Gilles Morneau, qui devait revenir lui porter de la glace. Elle avait l'intention de lui demander de la ramener à La Tuque. Hein, Lorie ?

— Avec mes blessures au genou et à la cheville, je voulais rentrer.

— Vous seriez donc la dernière personne à avoir croisé les deux hommes, a insisté le patrouilleur, l'air suspicieux.

— Non, moi, je les ai vus, est intervenu André Chillas, demeuré muet jusque-là. J'ai mon camp en bordure de la 450. J'suis du genre à me lever de bonne heure. J'étais sorti fumer une cigarette. J'ai entendu un Jeep passer.

— Vous pouvez l'identifier ?

— Je suis pas certain. Mon camp est loin de la route.

— C'était vers quelle heure ?

— Six heures du matin, je dirais. Il revenait du barrage de Rapide-Blanc.

— Vous avez rien remarqué de particulier dans ce coin-là, ces derniers jours ? Des visiteurs suspects ?

— J'ai fait le tour de tous les sites depuis mon *shift* de lundi matin. La saison de la pêche est pas mal terminée. Les lacs sont vides. On attend les chasseurs dans trois semaines, pas avant. Pas vu personne.

— C'est bon, on va envoyer une équipe pour fouiller le secteur. »

C'est le même Éric Leblond qui s'est présenté chez Lorie, à Saint-Tite, il y a deux jours. Les mêmes questions ont été posées, les mêmes réponses données. Vu sa petite taille et l'absence de mobile, on ne pouvait imaginer la jeune femme s'en prendre aux disparus. La thèse d'un bris mécanique en forêt demeurait l'hypothèse privilégiée, même si on avait peine à imaginer les raisons de l'escapade nocturne, alors que l'enfant était demeuré sans surveillance. Du braconnage, a soupçonné l'assistant aux agents de protection de la faune. Malgré les chiens pisteurs, les premières battues sont demeurées vaines.

Lorie se dit qu'elle vivra dans l'angoisse tant que les journalistes ne se lasseront pas de cette affaire. Même si ça la torture, elle ne peut résister au besoin d'écouter les bulletins de nouvelles à la télé. Celui de midi débute à l'instant. Bol de soupe en main, elle se dirige vers le salon. Une dépêche vient d'atterrir sur le bureau de la chef d'antenne. Sa nervosité est palpable. Un visage apparaît en vignette au bas de l'écran, celui d'un homme qualifié de dangereux, activement recherché par les forces de l'ordre.

« Une expédition de deux jeunes kayakistes en vacances dans la baie Coucoucache, entre Wemotaci et La Tuque, a viré au drame la nuit dernière alors qu'un individu s'est attaqué à elles, tuant la touriste française Claudine Chenault et blessant son amie Arielle Faverolle. Cette dernière, qui a réussi à s'enfuir, aurait identifié le meurtrier, André Chillas, toujours en cavale à l'heure qu'il est. Le suspect aurait déjà eu des démêlés avec la justice. Notre équipe a appris qu'une plainte pour agression sexuelle aurait été portée contre lui par une ancienne collègue de travail en 2010 alors que l'agent de protection de la faune était en poste en Abitibi. La plainte a été retirée et la cause ne s'est pas rendue au tribunal. On se souviendra de la mort jamais élucidée d'Agathe Soulanges, survenue l'an dernier, dans le secteur de La Trenche. À cause de similitudes dans le *modus operandi*, les enquêteurs n'écartent pas l'hypothèse que les deux crimes soient reliés. »

Comme on évoque la mémoire d'Agathe, son visage emplit l'écran. Lorie renverse son bol de soupe et se traîne jusqu'au téléviseur, qu'elle touche du bout des doigts, effleurant la bouche de sa mère. Dans les yeux de cette dernière, aucun reproche. Ils semblent plutôt la rassurer. « Ce n'est pas ta faute. Qu'aurais-tu pu faire d'autre ? Rien, je le sais. J'étais près de toi, à chaque instant. »

Épilogue

Depuis des jours, affaiblie, l'ourse vivote à peine. Elle a réussi à mettre la main sur un peu de miel et quelques racines, sans plus. Il n'y a plus rien pour elle dans ce territoire dépouillé par les premiers vents d'automne. Ses pourvoyeuses ont déguerpi en emportant les deux charognes dont elle aurait volontiers fait son affaire. La chasse va débuter sous peu. Elle doit se terrer, échapper aux prédateurs. S'approcher des rebus laissés par les humains l'expose au danger. Mieux vaut pister la nourriture plus au nord, de nuit, comme elle le fait maintenant près de cette rivière.

La femelle s'arrête soudain. Il lui semble avoir perçu un bruit : un étrange clapotis accompagné de cognements répétés. Une barque qui frappe un rocher. Elle fait quelques pas. Son ouïe ne l'a pas trompée. Il y a bien une chaloupe dissimulée dans les branchages. Quelqu'un se cache ici. Étrange. Les chasseurs ne s'enfoncent jamais aussi loin dans cette zone. La forêt marécageuse demeure le seul endroit où les hommes ne viennent pas.

Une odeur de butane traîne dans l'air. L'ourse la suit vers l'ouest. Devant elle, une tente est dressée. Le campeur a accroché sa nourriture à la branche élevée d'un bouleau jaune. Mais elle est trop lourde pour grimper sur un tronc si mince. Un souffle régulier perce le mince nylon de l'abri. Des effluves de tabac froid lui parviennent. Les narines de l'ourse frémissent. Elle s'approche. La puanteur se fait plus insistante. Un sac de jute taché de vieille huile protège le moteur du bateau. Un grognement reflue dans sa gorge à la montée d'étranges sensations : ce coton huileux qui lui recouvre les yeux. Une haleine de dents pourries qui lui souffle au visage par saccades.

L'animal se raidit, renifle la piste de sa proie. L'homme est là, tout près. Il dort à poings fermés. L'appel d'un appétit insatiable soulève bien haut les pattes avant de l'ourse. De ses puissantes griffes, elle déchire la toile. La structure de la tente s'effondre, créant un abri momentané à sa prise. D'un coup de gueule, elle fouille les décombres à sa recherche alors que s'élèvent des cris de panique stridents. Sa mâchoire se referme enfin sur un bras par lequel elle soulève le chasseur et l'envoie valser quelques mètres plus loin. Sa chute n'a pas réussi à lui faire lâcher la carabine dont il a eu le réflexe de s'armer. Comme il se remet sur ses pieds, l'animal se rue sur lui, visant l'estomac. Son adversaire va percuter un arbre. Sonné, il se relève et, dans un geste désespéré, reprend son fusil, vise le cœur. Le coup de feu résonne dans les oreilles de la bête. Mais son cerveau a déjà eu le temps de lancer son ultime commandement. Dans un élan désespéré, l'ourse fonce sur l'homme pour lui déchirer la gorge de ses canines. Le sang gicle telle une source libérée. Sous la carcasse de l'ursidé, André Chillas suffoque. Agonisante, la femelle gît dans l'attente que le souffle du chasseur cesse d'exhaler à jamais la pourriture de son âme.

Alors que la nuit éternelle enveloppe les bois, l'ourse sent le poids de sa fourrure s'amenuiser. Dans un dernier râle, sa poitrine libère les vies qu'elle porte. La sienne, celle de ses petits et l'ombre de la femme agrippée à ses entrailles. Immatérielle, elle s'élève, errant dans le ciel étoilé, avant de rejoindre l'amas de la Chouette dans la constellation de Cassiopée.

Remerciements

Ma gratitude va d'abord à ma fille Justine, qui a accepté de m'accompagner dans une excursion de repérage en Haute-Mauricie, en plein mois de juin, féroce saison des petites mouches noires et des moustiques.

Je suis aussi extrêmement redevable à mon ami Gilles Forgues, agent de la faune. Les informations qu'il m'a transmises sur les enjeux actuels des territoires de chasse et pêche m'auront été fort utiles.

Retrouvez notre catalogue sur
www.editionsdelaube.com

Pour limiter l'empreinte environnementale de leurs livres,
les éditions de l'Aube font le choix de papiers
issus de forêts durablement gérées et de sources contrôlées.

Achevé d'imprimer en mars 2021
sur les presses de l'imprimerie New Print
pour le compte des éditions de l'Aube
331, rue Amédée-Giniès, F-84240 La Tour d'Aigues

Numéro d'édition : 4278
Dépôt légal : avril 2021

Imprimé en Europe